煤まみれの騎士
III
美浜ヨシヒコ
ILLUST —— fame

「…………もういい。もういいです」

　フェリシアを中心に魔力の奔流が渦を巻く。感情の昂りに呼応し、その強烈な魔力が現出しているのだ。

　空気がずしりと重くなる。

　圧倒的な力を持つ魔法の申し子に、世界が頭を垂れているかのようだ。

「立ち向かうと言いましたね。現実と言いましたね。でも、これこそが現実。何にも立ち向かえないのが、貴方の現実なんです。兄さま」

　フェリシアの周囲に魔力光が迸る。

　その美しさに一瞬目を奪われそうになりながら、俺は剣を構えた。

　避け得なかった戦いが始まる。

　覚悟を示すべき時が来たのだ。

「その愚かさを思い知らせてあげます‼　後悔なさい‼」

　第五騎士団、魔導部隊総隊長、フェリシア・バックマン。

　この戦場にあって、倒すべき敵だ。

STORY

知勇ともに優れた神童・ロルフは、十五歳の時に誰もが神から授かるはずの魔力を授からなかった。

彼の恵まれた人生は一転、男爵家を廃嫡、さらには幼馴染のエミリーとの婚約までも破棄され、騎士団では"煤まみれ"と罵られる地獄の日々を送ることになる。

しかし、ロルフは磨き上げた剣技。膨大な知識による機転。そして、折れることのない不屈の精神で、絶望的な戦況を変えてきた。

それでも、ロルフへの冷遇は変わることはなく……。ロルフはとうとう、あらぬ冤罪で第五騎士団を追放されてしまう。

魔族領に隣接する辺境へと派遣されたロルフ。そこで彼は、自分と同じ"煤まみれ"と蔑まれる魔族の奴隷少女・ミアと出会う。

ミアと過ごす毎日で、ロルフの中にあった疑問は、やがて強い決意へと変わっていく。

本当に魔族とは、滅ぼすべき邪悪なのだろうか。この罪なき子供は、なぜ悲しみを強いられているのか。

王国の騎士たちによる非情な魔族の蹂躙。終わることのない侵略と抗争。

その戦火の中で、ロルフは魔力を断裁する漆黒の剣、"煤の剣"を手にした。

神に棄てられた"煤まみれ"は、この理不尽な運命に抗うべく、魔族とともに──。

「ロンドシウス王国を倒す」

CONTENTS

Ⅰ P8

Ⅱ P21

Ⅲ P68

Ⅳ P109

Ⅴ P151

Ⅵ P229

Ⅶ P268

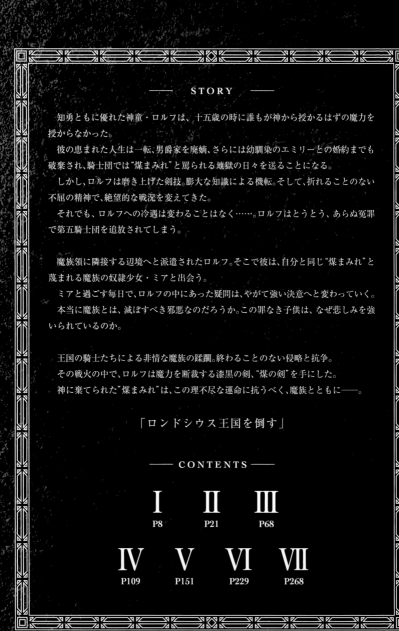

煤まみれの騎士

III

美浜ヨシヒコ
ILLUST —— fame

ラケル・ニーホルム

梟鶴部隊隊員。
大らかな性格だがロルフには
皆と同じく差別的。

エステル・ティセリウス

第一騎士団団長。
国の英雄。強く厳格な本道を行く騎士。
個の武勇にも軍略にも優れる。

エミリー・メルネス

ロルフを愛する婚約者であり、
天真爛漫な少女。
しかし、婚約破棄や、ロルフの上官としての
立場のなかで心に影が差し始める。

ロルフ・バックマン

剣と知略に優れる青年。
だが魔力を授かることができず、
“煤まみれ”として迫害される。
冷静で筋が通っており、極めて強い精神力を持つ。

シーラ・ラルセン
梟鶴部隊隊員。
回復術士。物静かだが、
ロルフには皆と同じく差別的。
イェルド・クランツ
梟鶴部隊隊員。
実力者だがロルフへの差別意識は
とりわけ強い。
フェリシア・バックマン
ロルフの妹。控えめで心優しい少女。
だが、最も低い地位にあるロルフの
姿を見るにつれ、
辛辣な物言いもするように。

I

ロルフ不在のバラステア砦《とりで》。

兵たちは騒然としていた。

魔族領側、森の入口付近。闇夜の中に夥《おびただ》しい数の松明《たいまつ》が並んでいるのだ。

数時間前、ヘンセンを攻めていた領軍のうち数騎が砦に戻り、敗戦を伝えていた。

それが無ければ、あの松明は領軍のものだと誰もが思ったであろう。

ヘンセン攻略により、この地の勝敗は決すると皆が思っていた。

だがどうやら領軍はヘンセンで敗れ、今バラステア砦は返す刀を突きつけられている。

この状況は想定されていなかった。

目下、バラステア砦には司令官もその代理も、副司令官も居ない。

指揮系統が無いのだ。

領軍を破った余勢を駆って攻めてきたと思われる魔族軍は、過去に類を見ない大軍で、指揮も無しに戦える相手には見えない。

その大軍を前に、砦の兵の多くは混乱し、そうでない者は狼狽《ろうばい》した。

兵の一人、モルテンはそのいずれでもなく、胸中を怒りで満たしている。

砦の指揮を任されていたにもかかわらず出撃していった副司令官エッベも大概だが、何より腹立たしいのは、呑気《のんき》に休暇中の司令官代理、ロルフだ。

休暇を利用して魔族領側を視察していたはずだが、まだ戻っていないらしい。

あの敵軍に遭遇して殺されたのだろうか。

そうであれば少しは溜飲《りゅういん》も下がるというものだ。

「くそ、無能者め……」

モルテンはロルフを馬鹿にしていたが、表面上の態度は慇懃《いんぎん》なものだった。

ロルフの手腕で砦の戦況が上向いたことは事実で、彼が働けばモルテンたちも楽が出来る。

女神から魔力をまったく与えられなかった欠陥品に向ける敬意など持ちあわせていないが、口だけは褒めそやしておけば良いのだ。

モルテンは、自身の面従腹背にロルフが気づいていないと考えている。

加護なし如《ごと》きが、自分のような駆け引き巧者の思惑に気づけるはずが無いと。

彼はロルフを軽視し、侮っていた。

だから魔族軍からの使者の中にロルフの姿を発見した時、彼は心底驚いた。

◆

「無血開城とはな……」

俺の横を歩くフォルカーが若干の呆《あき》れを浮かべた表情で言った。

リーゼも同じ表情をしている。

砦の兵たちは戦わないことを選んだのだ。

だが兵たちの判断は妥当ではあるだろう。

指揮する者は無く、敵は大軍。

しかもその敵の中に、砦を知り尽くした俺が居るとあっては、勝ち目があると考える方がおかしい。

俺が現れたことに戸惑い、怒りを露《あら》わにした兵たちだったが、抗戦という選択肢は採りようが無かった。

彼らの生命を保障することを伝えたうえで、即座の決断を迫ったところ、兵たちは程なく降伏を受け入れたのだ。

かくして、一度も剣を交えることなく、バラステア砦は陥落した。

だが、ここからが肝心だ。

指揮系統が失われているとは言え、領都に向けて伝令は走っているだろう。

砦が落ちたことは、すぐに辺境伯の知るところとなる。

彼との戦いに向け、こちらは先手を打たなければならない。

そのために、俺はある者を待たせた部屋にやってきたのだ。

「じゃあ話してくる。ここに居てくれ」

「頑張ってね！」

小声で激励してくるリーゼ。

その少し楽しそうな声を背に、俺は扉を開ける。

部屋の中に居たのはこの砦の兵、モルテンだ。

「久しぶりだなモルテン。……いや、久しぶりと言うほどでもないか？」

魔族領へ向けて俺がこの砦の門を出た日、門番をしていたのが、このモルテンだ。

あれからまだ三日と半日しか経《た》っていない。

それなのに、ずいぶん昔のことのように思える。

「司令官……。これはどういうことですか？」

椅子に座り、組み合わせた両手を机の上で忙《せわ》しなく動かしながら、モルテンが尋ねてくる。

その声音は困惑と焦燥に揺れていた。

俺の行動の意味を測りかねているのだ。

「見てのとおりだよ。俺は王国を裏切った」

「正気ですか……？」

「たぶんな」

薄暗い部屋の中、俺は背中で扉にもたれかかり、腕を組んでモルテンを見据える。

モルテンの額には汗が浮かんでいた。

「ヘンセンで領軍が負けたのを見て、鞍替《くらが》えしたと言うのですか？」

「それなんだが、領軍は負けていない」

「は……？」

間抜けな顔をするモルテン。

だが、俺もきちんと表情を作れているか自信が無い。

部屋が薄暗くて助かった。

「彼らはヘンセンの防衛線を破って、町を占領しているよ」

「し、しかし、敗残兵が戻っているのですよ？　それに何より、森の入口に現れたあの大軍は何なのですか？」

「敗残兵はカネで抱き込んだ。大軍は松明を焚《た》いているだけだ。軍記ものなんかではよく見る手だが、あまり本は読まないクチか？」

モルテンは、陸に揚がった魚のように口をぱくぱくさせている。

理解が追い付かないようだ。

「そもそも戦略的見地から言って、今回のヘンセン攻略戦は、領軍が負けるはずの無い戦いだ」

「それは確かにそうでしょうが……。しかし、魔族と結ぶなど……」

「一時的に利用しているだけだ。協力させる代わりに欲しいものをくれてやるのさ」

「欲しいもの？」

「当然、この砦だよ」

俺は組んでいた両腕をほどいた。

それからゆっくりとモルテンに歩み寄り、その向かいに座る。

そして彼の目をまっすぐ見つめて言った。

「モルテン。お前だけが俺に敬意を払ってくれた。加護なしのこの俺を、お前だけが同等の戦士として扱ってくれた。お前だけが……」

「そ、それは」

「だが他の奴らは違う。俺がどれほどの差別を受けているか、お前も知ってるだろう？」

絞り出すように、努めて沈痛な声音で言う。

少し芝居が過ぎるかとも思ったが、モルテンの表情を見る限りは上手《うま》く行っているようだ。

「もう、うんざりだ。俺はこの国を去る。カネも大量に手に入ることだしな」

「カネ？　どういうことです？」

「領軍だよ。もうすぐ、ヘンセンでの戦果を抱えてノコノコ帰ってくる。油断し切ったあの連中を、砦に入れて一網打尽にするのは簡単なことだ」

「…………」

「そもそも奴ら、幅を利かせるばかりで気に食わなかったんだ。お前もそうだろ？」

「ま、まあ」

多くの兵は、防衛するよりも、攻め入って戦果を挙げる方が上等と考えるものだ。

領軍の者たちもそう考えており、彼らには常に、砦の兵に対する優越感が見て取れた。

砦で戦う兵たちからすれば、当然それは鼻持ちならないものであり、両者の間には小さくない軋《あつ》轢《れき》があるのだ。

俺はそういった背景に基づき、領軍を嵌《は》めることを伝えた。

「とは言えだ、モルテン。逃避行となれば、カネだけあっても仕方が無い。旅の連れが要る。具体的には女だ」

「……それは、まあ、そうでしょうね」

良《い》い具合だ。

モルテンは、俺に迎合する言葉を選んでいる。

駆け引きの土俵に上がってきたのだ。

あとは、俺を出し抜けると思わせれば良い。

「だから頼む。領都で何人か見繕ってきてくれ。こんなことを頼めるのはお前しか居ない」

「旅に付き合わせるとなると、それなりのカネが要りますが」

「問題ない。領軍がヘンセンの財を丸ごと持ち帰るからな」

「あ、ああ。そうですね」

「当然、お前の取り分もあるぞ」

「はは……。またそんな」

モルテンが、心底から馬鹿にする加護なしの策に乗ることなどあり得ない。

いま彼は、王国を裏切るように見せかけるべく思案しているのだ。

忙しなく動いていた彼の視線は、左下に固定された。

人は、答えを思い出す時は上を、答えを作ろうとする時は下を見がちだ。

そして、後ろめたいものがある時、視線は利き手の逆へ行く。

だから左下を見つめるモルテンは今、嘘《うそ》をついている。

当然、単なる傾向の話でしか無いが、今はまず間違いないだろう。

表情と、それを覆う汗を見れば分かる。

「お願いだモルテン。何も共に来てくれと言ってるわけじゃない。二、三人、商売女を連れてくるだけだ。俺を友人と思ってるなら、頼みを聞いてくれ」

「ふーむ。どうしたものですかね……」

腕を組んで嘆息するモルテン。

俺の演技も拙いとは思うが、この男もなかなかに酷《ひど》い。

大根役者同士が、大真面目に駆け引きらしきものを展開している。

堂に入った茶番と言えた。

「んー……。まあ良いでしょう。他ならぬ貴方《あなた》の頼みですし」

「済まない！　恩に着る！」

そう言って俺は笑顔を作る。

モルテンも笑っていた。

芝居小屋だったら客は皆、席を立っていただろう。

◆

モルテンが領都へ向かった後、砦の一室でリーゼ、フォルカーと向き合う。

このあとの展開について話し合うのだ。

「ロルフ、上手く行ったと思う？」

「ああ。たぶんな」

モルテンは、俺の離反を辺境伯に伝えるだろう。

そして帰還する領軍が俺に陥れられると知った辺境伯は、それ自体は虚報であるわけだが、兵を差し向けてくる。

俺たちはそれを迎え撃つ。

いきなり領都に攻め入って全面衝突に及ぶ前に、敵を損耗させるのだ。

領軍は既にヘンセンで二千の兵を失っている。

更に領都の外に引っ張り出して減らすことが出来れば、こちらの兵力が領軍を上回ることになるだろう。

結果として、ヘンセンの戦いとは逆に、魔族が戦略的優位を持った状況で領都アーベルに攻め入るというかたちを作れる。

「お前がこの砦に赴任した途端、我々は戦略的優位を失った。そしてお前が王国から離反した途端、再び戦略的優位を得ようとしている。大したものだな」

「ほんと、おっかないよね」

「いや、ヘンセンでの大勝はフォルカーの功が大きいだろう。それにまだ策がハマると決まったわけじゃない」

まず、モルテンと辺境伯が予想どおりに動いてくれなければならない。

辺境伯のもとには、ヘンセンで領軍が負けたという報《しら》せも行っているだろう。

それに対し、辺境伯には、領軍が勝ったというモルテンの報告を信じてもらう必要がある。

辺境伯が状況を勘案すれば、モルテンを信じることになるはずだが、こればかりは百パーセントとはいかない。

「だがロルフの言うとおり、おそらく上手くいく。少なくとも、さっきの男はこちらの思惑どおりに動くだろう。この策は、信じたいものを信じさせるという基本をしっかりと踏襲しているからな」

そう。モルテンは、無能な加護なしを見下すことに愉悦を覚えている。

その加護なしが見え透いた策を弄し、モルテンがそれを看破する。

それは奴の自尊心を大いに満たす展開だ。

その誘惑に逆らうのは、あの男には難しいだろう。

ただ正直、やり過ぎた感もあるが。

「フォルカー。女のくだり、必要だったか？」

策は俺が立てたものだが、フォルカーがアレンジを加えた。

俺が女を必要とし、モルテンに娼婦《しょうふ》を手配させるという点はフォルカーの発案だ。

「必要だ。何事もディテールが重要だからな」

表情を変えずに答えるフォルカー。

この男には凝り性の気があるようだ。

まあ、モルテンが見たがっていた小人ロルフを演出するには、丁度良かったかもしれない。

「ダメ人間の演技、完璧だったよロルフ！　後先考えずお金と女を求める感じがよく出てた。ハマり役かも！」

「嬉《うれ》しくないのだが……」

再会した時、激しい獣性の持ち主と言ってリーゼを怒らせてしまったことを思い出した。

ひょっとして意趣返しだろうか？

「褒めてるんだから喜べばいいと思う！」

そんなやりとりを横目に、小さく嘆息してフォルカーが言う。

「お嬢、連れてきた兵たちはまだ待機中ですよね？」

フォルカーはリーゼをお嬢と呼ぶ。

この男らしからぬ、くだけた言いようだが、昔からの呼び方がそのままになっているそうだ。

「うん。ロルフ、もう皆を砦に入れて構わない？」

「ああ、大丈夫だ」

当然だが魔族軍は本当に来ている。

ヘンセンのほぼ全軍だ。松明だけのブラフなどではない。

彼らを砦に入れ、次の戦いの準備をしなければ。

「辺境伯が狙いどおりに動いて兵を差し向けてきたとしても、それに勝たなければならない。まだまだ気は抜けないぞ」

俺がそう言うと、二人は頷《うなず》いた。

領都アーベルを占領する。

そのための戦いが始まろうとしていた。

そしてこの時俺は、その領都によく知る人が居ることを想像もしていないのだった。

II

フェリシアは苛立《いらだ》っていた。

一向に兄と会えなかったのだ。

バラステア砦で兄の不在を知ったのち、領都アーベルの官舎を訪ねたが、そこにも兄は居なかった。

そのまま官舎で兄を待ってみたが、帰ってこない。

一体どこに居るのか。

領軍は人々のため大きな戦いに赴いているというのに、何をしているのか。

兄への呆れと怒りを上手く処理出来ず、唇を噛《か》むフェリシアだった。

それでも、このまま兄と話さず帰るわけにはいかない。

兄を見捨てるのは誤りだという思いに至ったからこそ、彼女は遠くストレーム領まで来たのだ。

フェリシアは宿を取り、数日を領都で過ごした。

だが、未《いま》だ官舎に兄の姿は無い。

もう一度、砦を訪ねてみようかと考えていたところ、官舎の前に領軍兵たちの姿を見つけた。

「あの、何かあったのですか？」

嫌な予感を覚えながら、フェリシアは兵たちに声をかけるのだった。

◆

「……信じられません」
辺境伯の館、広い執務室で、フェリシアはそう言った。
弱々しい声だったが、重い雰囲気に静まり返った執務室ではよく響いた。
室内に居る領軍の幹部たちは、皆、押し黙っている。
執務卓に座る辺境伯は、苦虫を噛み潰したような顔で考え込んでいた。
彼のもとに、不快極まる報告が立て続けに届いたのだ。
最初に、ヘンセンへ行っていた領軍の兵が逃げ帰り、作戦失敗を伝えた。
そののち、バラステア砦からの伝令が、砦の陥落を報せてきた。
なんと砦を攻めてきた魔族の中に、司令官代理の姿があったらしい。
あの、加護なしと蔑まれるロルフ・バックマンだ。
そして数時間後、状況を受け止め切れない辺境伯を更に混乱させる報せが届いた。
報告の主は砦の兵で、モルテンという男だった。
彼によると領軍は負けてなどいないと言う。

ロルフが策謀を巡らせ、そのように見せかけているとのことだ。

彼は砦で領軍を陥れ、討とうとしているらしい。

これらの報告を受け、辺境伯はどう動くかを決めなければならなかった。

そのためには領軍が勝ったのか負けたのか、どちらの報告が正しいのかを見極める必要がある。

「信じられないとは、君の兄が魔族と結んで砦を落としたということについてか？」

「はい、辺境伯様。人間を裏切るなど馬鹿げています。兄は愚かではあるのでしょうが、そこまではありません」

「だがあの男は普通とは違う考えの持ち主だ。先日話したはずだが、魔族から奪うこと自体をすら否定しているのだぞ」

「で、でも……」

フェリシアは反論出来ず、沈黙してしまう。

魔族と結ぶなど常軌を逸している。

でも兄ならやりかねないのではないかと、どこかでそう思えてしまうのだ。

「辺境伯様、どうなさいます？」

幹部の一人が声をかける。

話は複雑なように見えるが、実際のところ二者択一だ。

しかも限りなく一択に近い。

もし、領軍がヘンセンで負けたという報告が真実であるなら、二千の兵を失ったことになる。

こちらを信じる場合、出来ることはあまり無い。

ただ再軍備を急ぎ進めていくのみだ。

逆に領軍が勝ったという報告が真実であるなら、その領軍は帰還の途上、バラステア砦でロルフに陥れられてしまう。

領軍が砦に入ったところで閉門し、ロルフと結託した魔族たちが周囲から矢や魔法を射掛けたら、どこにも逃げ場は無いだろう。

したがって、こちらを信じるなら、今すぐ砦へ出兵してロルフを討たなければならない。

これは、すでに兵を失ったことを受け入れるか、これから兵を失う可能性に対処するかの二択なのだ。

辺境伯としては、結局のところ後者しか選びようがない。

第一、ヘンセン攻略戦は、戦略的優位を十分に確保したうえでの戦いだったのだ。

それが大敗を喫したなど、やはり現実的に信じられない。

「兵を出す。バラステア砦へ向かい、ロルフ・バックマンと魔族どもを討つのだ」

辺境伯はそう告げた。

常識的な判断と言えただろう。

これを受け、領軍幹部たちは準備のため執務室を出て行った。

「辺境伯様、私も同行させてください」

「兄の裏切りをまだ信じられんか？　普通なら、敵の身内を同行させられるはずも無いが」

「本当に兄がそこに居るのか、この目で確かめたいのです」

兄は芯まで腐ったわけではない。

信じてあげるべきだ。

でももし、本当に心の底から裏切っていたなら。

そこまで救いようが無いほどに愚かであったなら。

家族や、かつての婚約者に剣を向けるような凶行に走るのなら。

…………。

フェリシアの表情に、様々な感情が浮かぶ。

激しい焦燥、兄を死なせたくないという思いの他にも、名状しがたい感情が滲《にじ》んでいる。

辺境伯は、それを興味深げに見つめた。

「……良いだろう。だが同行するのみだ。くれぐれも作戦行動には関わるなよ」

「はい。心得ております」

こうして、領都アーベルからバラステア砦へ向けての出兵と、フェリシアの同行が決まった。

◆

物見塔に居た魔族兵から、領都方面に動きありと報告が入った。

急ぎ俺も塔に昇り、遠く領都アーベルの方向を見やる。

そして思惑どおりに事が運んだことを知った。

領都に残っていた領軍が、この砦へ向かってきている。

辺境伯はモルテンの報告を信じたのだ。

そしてヘンセンから戻る領軍がこの砦で討たれると思い、それを阻止するため出兵に及んだのだった。

「数は千ぐらいかな。上手く行ったね。あれをここで削っちゃえば、このあとがだいぶ楽になる」

俺に続いて物見塔に昇ってきたリーゼが言った。

彼女の言うとおりだ。

ヘンセンに向かった大軍以外にも、領都にはまだ相当数の領軍が残っていた。

そこへこちらから攻め入り、防衛戦を展開されれば、かなり厳しい戦いになってしまう。

領都の外に引っ張り出して討ち減らす必要があったのだ。

「さて、この先も上手くいってくれると良いが」

領軍は、こちらが砦に引きこもって防衛戦を展開すると思っている。

それはごく当然の判断だ。

だがこちらとしては、防衛戦をやるつもりは無い。

バラステア砦は全方位に防壁を持ってはいるが、領都側からの攻撃を想定したノウハウは俺にも無かった。

当然、魔族兵たちにも、この砦を防衛した経験など無い。

だからいっそ、砦の戦術的価値を放棄した策を用いることにしたのだ。

俺たちは敵が砦に近づく前に仕掛ける。

領都と砦の間の道で戦端を開き、敵の混乱を誘うというわけだ。

「タイミングが大事だよ、ロルフ」

「ああ、分かっている」

俺は注意深く敵の隊列を観察した。

隊列が最も伸び切った時点で側面を突かなければならない。

敵の隊列に穴を開け、分断し、各個撃破に持ち込むのが最も望ましい展開と言える。

「だいぶ近づいてきてるよ？　まだ？」

「もう少しだ」

リーゼの声には、若干の焦燥が混ざっている。

無理も無い。

こちらの兵の多くは道の左右に伏兵として配置してある。

砦に残る兵は少ないため、肉薄されれば俺たちが不利だ。

だがここで急《せ》いてしまってはいけない。

戦いを生業とするなら、その身に迫る刃を恐れてはならないのだ。

リスクの最小化は必要だが、冒すべきリスクを冒す肚《はら》も決めてかからなければ、勝つことは出来ない。

「う……ま、まだ？」

「もう少し」

一本道を、百足《むかで》のように伸び縮みしながら向かってくる領軍。

それが最大限に伸び切ったタイミングを逃さないよう、俺はじっと見つめる。

巨大な百足は、じわじわと砦に迫ってきていた。

「ロ、ロルフ！」

「ここだ！」

俺は鏑矢《かぶらや》を弓につがえ、空に向けて放った。


――――ひゅうううううううううう！


甲高い音が空に響く。

何事かと天を振り仰ぐ領軍に、魔族たちが襲いかかった。

「うわぁっ!?」

側面から現れた敵に、領軍兵が悲鳴をあげる。

彼らは砦攻めのつもりで来ていた。

どうやって防壁を破るかをプランニングしながら向かってきていたのだ。

それなのに、敵の方から砦の外に出てきてしまった。

ましてモルテンの報告を信じたということは、領軍は俺たちを寡兵だと思っていたということだ。

なおさら、打って出てくることは予想出来なかっただろう。

「上手く虚を突けたようだ」

「凄《すご》い……。ここまでハマる？」

タイミングも、伏兵を配置したポイントも上出来だった。

領軍の隊列は側面から幾つもの穴を開けられ、バラバラに分断されている。

「く、くそ！」

「隊長！　指示を！　隊長！」

恐慌に剣を振り上げた領軍兵へ魔族兵の槍《やり》が突き刺さる。

暴れる馬から振り落とされた領軍兵に魔族兵の鎚《つち》が叩《たた》き込まれる。

「逃がすな！　包囲を狭めつつ各個撃破！　側面はプレッシャーをかけ続けろ！」

遠くでフォルカーの声が響く。

ヘンセンでも思ったが、彼は指揮官として極めて優秀だ。

領軍を落ち着かせないよう圧力をかけ、その狂騒を煽《あお》りつつ、自軍は整然と運用し続けていた。

「やるなあ」

「ロルフ！　敵が！」

リーゼの指さす先、敵の一団が砦の門に近づいていた。

隊列が伸び切るギリギリを狙って仕掛けた結果、敵の先頭集団は砦に肉薄するところまで来ていたのだ。

だがこれは想定内だった。

「俺が出る。リーゼ、ここを頼む。敵に想定外の動きがあったら、すぐ合図しろ」

「分かった！」

リーゼの返事を受け、俺は物見塔から飛び降りた。

「ちょっ!?」

驚きに声をあげるリーゼ。

俺は梯子《はしご》の支柱を握り、手で落下速度を緩めながら落ちていく。

そして地面が近づいたところで梯子を蹴りつけ、落下の勢いを殺して着地した。

降り立つや否や、俺は煤《すす》の剣を抜き、そのまま門へ向けて走り出す。

「門を開けろ！」

俺が叫ぶと、門についていた魔族兵は驚きつつも閂《かんぬき》を外し、門に手をかける。

そして開門と同時、目の前に居た領軍兵に向けて俺は剣を振り抜いた。

「えっ？」

大抵の場合、兵士の最期の言葉は、このような短い声だ。

気の利いた言葉を遺《のこ》せる者は少数だろう。

この男は、その少数になれなかった。

隣に居た男もだ。

「あがっ！」

俺は門に取りついていた二人を斬り伏せ、そのまま走る。

門の周りには、他に十数人の敵が居た。

「俺が出たらすぐに閉門しろ！」

そう叫んで門の外に走り出る。

そして敵の中に突っ込んでいった。

背後に門の閉まる音を聞いた時、俺は五人目を斬っていた。

◆

私は呆気《あっけ》に取《と》られていた。

ロルフが、二十メートルはあろうかという物見塔から飛び降りたのだ。

「…………」

たった今まで、彼は隣で冷静に戦場を見通していた。

迫りくる敵軍を前に少しも慌てず、的確なタイミングで判断を下すその姿。

動じず、そして決断を違《たが》わないその振る舞いに、私は深く感心させられていた。

思い起こすのは、ヘンセンで語られた、彼のこれまでの道程だ。

女神ヨナとの間に結び付きを持てなかったせいで、険しいばかりとなったその日々。

彼は自身の不幸を殊更語りはせず、過去を客観的に伝えてくれた。

でも、女神を絶対視する人間の世界において、彼を襲った苦難は並大抵のものではなかったはずだ。

それなのに、剣と誇りを捨てず、彼は戦い続けている。

凄い人だと思う。あれほどの男には、そうお目にかかれないだろう。

そこに加え、今の指揮で見せた判断力。

この数か月でバラステア砦の戦況を変えた能力は、やっぱり本物だったのだ。

何か、隣に居るだけで安心する。まるで瑞々《みずみず》しい真夏の大樹のようだ。

とは言え、ここは戦場。気を抜くわけにはいかない。

敵は討ち減らされながらも、この砦に肉薄してきたのだった。

「ロルフ！　敵が！」

「俺が出る。リーゼ、ここを頼む。敵に想定外の動きがあったら、すぐ合図しろ」

ロルフはそう言った。

指揮を執りながらも、自ら前に出て戦うタイプらしい。私と同じだ。

私は、力強いロルフの言葉とその眼差《まなざ》しに、またも戦場にそぐわない安心感を覚える。

でも次の瞬間、そのロルフの姿が目前から消えた。

「ちょっ!?」

驚きに声が出てしまった。

いま居るこの場所は、砦の物見塔なのだ。つまり砦の周囲を広く見渡すための高塔。

飛び降りるのは、自殺をしたい人だけだ。

でも彼は飛び降りた。

慌てて下を覗《のぞ》き込む私が見たのは、梯子を使って上手く減速しながら落ちていき、そして地面に降り立つロルフの姿だった。

どすん、と凄い音が土煙と共にあがる。

大きな体のロルフが高所から舞い降りる姿には、何とも凄い迫力があった。

そのまま彼は剣を抜き、門の外へ躍り出る。

それから激しく交戦を開始した。


「…………」


そして呆気に取られる私。

早すぎる展開に、思考がやや追い付かない。

ついさっきだ。一分も遡らない。ついさっきまで彼は、私の隣で戦場を見通していたのだ。

それが今は、私の視線のずっと先で、剣を振るい、果敢に戦っている。

門を閉じさせ砦から離れ、自身が敵を引きつけている。

ここから見える門外で彼は、敵を斬り伏せていく。

「居たぞ！　そいつをやれ!!」

敵の中で、中級指揮官らしき男が叫んだ。

ロルフの存在については、情報が回っているんだろう。

敵たちは何本もの槍をロルフに向ける。

「う……！」

一瞬、私は奥歯を噛みしめる。

ヘンセンで見たロルフの強さは紛れも無く本物。

だから大丈夫と頭では理解出来てるけど、殺意を乗せた槍の群れが、味方へ突き込まれてくる光景には、やっぱり焦りを感じてしまう。

敵は、それなりに連携もとれている。ここは一旦、流れを切るのが良いだろう。

私なら後ろに退がって、隊列の隙を探しつつ側面から……。

「えっ!?」

ロルフは剣を構えたまま、前に踏み込んだ。

幾つもの鋭い穂先が、彼に吸い込まれていく。

「……っ！」

焦燥が私の呼吸を止めた。

しかし、穂先はすべて、ロルフの体から外れる。

彼の居る空間だけを避けるように、槍はロルフの傍《そば》を通過した。

「え」

驚く私。敵たちも、私と同じような表情をしている。

まるで槍がロルフを恐れ、彼の体に触れようとしないかのようだ。

もちろん事実は違う。

ロルフは槍が通過しない地点を瞬時に見極め、そこを確保したのだ。

それはまあ、槍衾《やりぶすま》にも隙間は出来る。

槍は真っすぐなんだし、いずれの穂先も通過しないポイントは、どこかには発生する。

でも命のやりとりの中で、瞬時にそれを見つけ、そして行動を選択するというのは、普通出来ることではない。

どれほどの研鑽《けんさん》を積めば、あの領域へ行けるのだろうか。

「でぃ！」

そしてロルフが気合いを込めたかけ声と共に煤の剣を繰り出すと、黒い刃が敵たちを斬り裂いていく。

「うわぁっ!?」

「こっちだ！　戦力を回せ！」

切迫した領兵の声が響いた。

砦に近づいていた他の敵たちが皆、ロルフに向かっていく。

だが、ロルフは数の差をものともせず剣を振り続ける。

そして門の近辺だけではなく、遠くではフォルカーとその麾下《きか》が、確保した優位を手放さず戦いを進め、敵を退却に追い込んでいる。

戦域全体で、私たちは優勢だった。

「ぜぇあっ！」

猛《たけ》るロルフの声。

彼のかけ声は、ここに居る私のお腹《なか》にまで響く。低いが通りの良い声だ。

その声と共に剣が振られ、そのたび煤が空中に弧を描く。

黒い三日月が現れては、解《ほど》けるように霧散していく。

そのあとに残るのは、倒れ伏す敵たち。

そして美しいまでに屹立《きつりつ》するロルフの姿だった。

「退却！　退却だ！」

領軍は、大きく数を減らしながら、潮が引くように逃げていく。

領都攻めの前哨戦《ぜんしょうせん》となったこの戦いに、私たちは勝利したようだ。

◆

フェリシアは震えていた。

目に映る光景が現実のものとは思えなかった。

「救援を！　こちらに兵を回してくれ！」

「どけぇ!!　進路を塞ぐな!!」

領軍は圧倒されていた。

砦攻めのつもりで出兵した彼らは、砦に近づく前に伏兵の襲撃を受けたのだ。

側面を突かれ、隊列を分断された結果、良いように各個撃破の対象になっている。

隊列の後方、やや高台に居るフェリシアからは、領軍の目論見《もくろみ》が外れたことを示すその光景が、まざまざと見えるのだった。

まさかこんな事になるとは。

敵将は何者なのだろうか。

そう思い、遠く砦に目を向ける。

すると、さっき鏑矢が放たれた物見塔から、人影が飛び降りた。

いや、あの高い物見塔から飛び降りる者が居るはずも無い。

落ちたのだろうか。

そう考えていると、砦の門が開き、人影が躍り出てくる。

「!?」

遠くに見える人影。

フェリシアには、ひときわ大きな体軀《たいく》を持つその人影が、彼女のよく知る人物のものであるように見えた。

信じたくなかった事実を、改めて突きつけられたように感じるのだった。

「まさか……本当に……？」

呟《つぶや》くフェリシアの居る隊列後方へ、伏兵に襲われていた領軍兵が戻ってくる。

「退け！　退却だ！　退けぇ!!」

彼らはもはや潰走状態にあった。

強いられた不利を覆すことは出来ず、撤退を選択するよりほか無かったのだろう。

砦へ肉薄出来た一部の兵も、結局撃退されているようだ。

「退却！　退却だ！」

領軍は、その数を大きく減らしながら領都アーベルへ逃げ帰るのだった。

◆

「ロ、ロルフさん！　あの！　少しよろしいでしょうか!?」

戦いが終わり、リーゼ、フォルカーと合流しようとしている俺に、一人の魔族兵が話しかけてきた。

若い男だ。俺が騎士団に入団したころぐらいの年齢に見える。

「何だ？」

「先ほどの用兵、お見事でした！　貴方のおかげで、最小限の被害で勝てました！」

男は目元を紅潮させ、うわずった声でそう言った。

褒められることに慣れていない俺としては、少し恐縮してしまう。

「嬉しい評価だが……外様《とざま》に用兵を任せたリーゼとフォルカーの器量があってこそだよ」

「無論、我が将たちを敬愛していますが、貴方の将器もそれに並び立つと感じました！　それに！　敵が門に取りつくや自ら切り込んだ勇気も！　その時に見せたあの剣技も！　凄いとしか言いようが無くて！」

男の声に熱がこもる。

俺としては、自分の剣技が人に称賛されるほどのものだとは未だ思えず、若干のむず痒《がゆ》さを感じる。

だが勇気に対する評価はありがたい。

そこは誰にも負けたくないと思っているんだ。

「門から出てすぐに閉門を命じられた点にも感銘を受けました！　砦の安全を確保し、眼前の敵をすべてご自身で引き受けるとは！」

指揮官としてはマズい行動だったが、それを言う必要は無い。彼が心から贈ってくれている称賛を、素直に受け取ろう。

「ありがとう。名前を教えてもらえるだろうか」

「はっ！　俺はブルーノと言います！」

「ブルーノ。次の戦いも共に頑張ろう」

「もちろんです！」

俺が差し出した手を、両手で握り返すブルーノ。

温かい感触だった。

「それでは！」

そう言って立ち去るブルーノと入れ替わりに、リーゼとフォルカーがやってくる。

「認められてるみたいね」

「ありがたいことに、そのようだ」

まだまだ不信のこもった視線を向けられてはいる。

ヘンセンを訪れた時、婚約者を喪《うしな》ったクンツという男に激しく詰め寄られたことを忘れられない。

だが一方で、ブルーノのような者も居るのだ。

「ヘンセンでロルフの助力があったことは多くの兵が知っている。この砦の無血開城も大きかったし、加えて先ほどの用兵と戦いぶりだ。ああいう者も出てくるだろう」

「このまま皆に認めてもらえるよう頑張るさ」

真摯に戦い続けることだ。

そうすれば、きっと信頼を与えてくれる。

俺はそれを目指さなければならない。

「まあ……その、見事な戦いぶりだったのは確かね。勇敢だし、あと、こう、何て言うか……美しいって、思ったわ」

「ほう？　俺の剣にも一抹の美はあるか。美しい女《ひと》がそう言うのだから、そうなのかもしれんな」

「はぁっ!?」

大きな声をあげるリーゼ。

今の台詞《せりふ》は無遠慮だったか？

思ったことをそのまま口にしてしまった。

「フォ、フォルカーもお疲れさま！　私はちょっと楽させてもらっちゃったね！」

急にフォルカーへ振るリーゼ。

この会話を続けたくないようだ。

「こちらも楽でしたよ。ロルフが戦略面でお膳立てを済ませてましたから」

フォルカーは薄く笑いながら答える。

まあ、お膳立てというほどのこともないが、とにかく今回は向こうが思惑どおりに動いてくれた。

時間があれば、辺境伯と領軍も、伏兵が居る可能性に思い至れただろう。虚報によるおびき出し自体に気づくことだって出来たかもしれない。

だが彼らはとにかく急がなければならなかったのだ。

辺境伯から見れば、すぐにもヘンセンから領軍が帰ってきて、砦でだまし討ちを食らうかもしれない状況だった。

その前に対処しなければならず、結果、取る物も取り敢《とあ》えず出兵に及ぶことになったわけだ。

モルテンや敗残兵から聴取して情報を精査する時間はとれないし、部隊を編制するに十分な余裕も無かっただろう。

「敵を急がせ、戦略面で推考する時間を与えないまま出兵させる。見事だったなロルフ」

「戦術面ではあんたの功がいちばん大きい。あの指揮こそ見事だった」

「褒め合っていても不毛なだけだな。双方ともよくやったとしておくか」

「ふふ……そうだな」

理に適《かな》ったフォルカーの提案に、少し頬が緩む。

横では、リーゼがやや引きつった笑顔を浮かべていた。

◆

辺境伯は、執務室で報告を受けた。

砦へ向かった領軍が敗れたという報告である。

信じたくないという思いは、敗走してくる領軍の姿に踏み散らされた。

辺境伯は、今日まで領軍を誇り続けてきた。

ストレーム辺境伯領の領軍は、精強で鳴る者たちだ。

危険な魔族領へ躍り出て、戦果を持ち帰ることも度々だった。

騎士団にも引けを取らない戦士たちだと、辺境伯は思っていたのだ。

それが今や、惨憺《さんたん》たる有様《ありさま》にあった。

ロルフが連れてきた魔族軍は寡兵に過ぎないというモルテンの報告。

あれは虚報だったのだ。

ヘンセンも落ちていないという事になる。

領軍に完勝出来る規模の魔族軍がこの地に居るという事実は、彼らがヘンセンで勝ったことを示していた。

ヘンセン攻略戦は失敗したのだ。

最初に敗残兵がもたらした報告が真実だった。

その時点で辺境伯は二千の兵を失っていたことになる。

それでも、領都に残っていた兵で防衛戦を展開していれば、まだ何とかなっただろう。

だが敵の策に乗り、まんまとおびき出されてしまった。

結果、新たに出兵した千の兵は、実にその七割を失うことになった。

領都に残留させていた幾ばくかの兵と合わせても、戦える者はどれほど残っているか。

どうであれ、この領都を守るには寡兵と呼ぶべき数にしかならないだろう。

ここへ来て辺境伯は、自身が危機的状況にあることを理解していた。

「くそっ!!」

執務卓に拳を叩《たた》きつける。

そこへ領軍幹部が現れた。

「辺境伯様……」

「報告は聞いた。防衛戦になるぞ」

「あの、中央からの助援は」

「要請はしている。だが間に合わんだろう」

援軍が到着するまで、領軍だけで領都アーベルを守り切れるとは思えない。

もはや兵力は完全に魔族軍が上なのだ。

「だから傭兵《ようへい》団に声をかけてある。ザハルト大隊だ」

辺境伯の声に悔しさが滲む。

彼は、自領の兵でこの辺境の戦線を維持し続けてきた。

その事実を一つの自負としていたのだ。

だが、もはやそうは言っていられない。

それで、領内に滞在していた傭兵団に支援を依頼したのだった。

「おお、あのザハルト大隊ですか！」

辺境伯とは対照的に、幹部の声には明るい期待が混ざった。

ザハルト大隊と言えば、かなり高名な傭兵団だ。

実際には大隊というほどの規模は無く、百人ほどの傭兵団だが、大隊に匹敵するほどの力を持つとも言われていた。

特にリーダーのエストバリ姉弟は、王国全体でも有名な強者《つわもの》だ。

傭兵団の多くは領を跨《また》って活動する。

偶々《たまたま》領内に傭兵団が滞在しており、かつそれが強力なザハルト大隊であったことは、辺境伯らにとって僥倖《ぎょうこう》と言えた。

「間もなくザハルト大隊から代表の者たちが来るはずだ。彼らと協力し、残りの兵を糾合して戦うぞ。女神ヨナの名のもと、この地を守り抜くのだ」

「はっ！　必ずや！」

女神の名を口にし、自らを奮い立たせる辺境伯。

だが、その胸中では様々な感情が渦巻いていた。

焦燥、悔恨、憤怒《ふんぬ》。

そのいずれもが負の感情であった。

◆

過去を思い出そうとすると、嫌な記憶ばかりが胸の奥から湧き出てくる。

楽しい思い出だって、いっぱいあるはずなのに。

兄とエミリー姉さんとの幸せな子供時代は確かにあったのに。

それなのに。

私の心には、嫌な記憶ばかりがいつも居座る。

「あれと関わるな。お前は大事な次期当主なのだから」

それが父の言いつけ。

あの日。兄が神疏《しんそ》の秘奥を受けたあの日から、すべてが変わってしまったのだ。

何度も思った。どうして、と。
兄が、みんなの憧れだったあの兄が、女神様と繫《つな》がりを持てないだなんて。
どうしてそんなことに。
間違いであって欲しいけど、ヨナ様が間違えることはあり得ない。
誤らないから神様なのだ。
それは誰の目にも明らかで、つまり兄は誰にとっても忌むべき存在だった。
「女神さまを裏切った者に交われば、貴方も穢《けが》れに染まってしまいますよ」
母の言葉。
兄に近づかないよう、私へ告げているのだ。
兄が神疏《しんそ》の秘奥を受けた日までは、いつも彼を自慢の息子と言ってたのに。

兄が騎士団へ入るため家を出る時、私は見送りに行けなかった。許されなかったのだ。
だから自室の窓から、去ろうとする兄を見ていた。
屋敷《やしき》の門には、馬車が停《と》まっている。騎士団本部へ向かう馬車が。
エミリー姉さんが居る。
そして沢山の人たちが集まって、彼女の出立を祝っていた。
ご両親や、幼い侍女のマリアが、熱を持った目で彼女に声をかけている。
そして、その近くに居る私の兄。

周りには誰も居ない。

近くに父母は居るが、見送りではない。

兄が確かに家から去ることを、確認するために居るのだ。

そして兄は、そのまま誰からも見送られることなく、馬車に乗ろうとする。

すると一瞬立ち止まり、こちらを振り返った。

「……！」

今、兄と目が合った。

自然と体が動き、私は咄嗟《とっさ》に窓へ取《と》り縋《すが》った。

そして兄の瞳に私を映そうとする。

その時、母が兄の頬を打った。

「フェリシアを見るんじゃありません！　神を持たぬ者の汚らわしい視線を当家の次期当主に向けるなど！　恥を知りなさい！」

ここまで聞こえてくるその怒声は、やや震えている。

母は泣いているようだ。

息子に裏切られたと思っている。

愛を与えたはずの、息子と思っていた者に裏切られたと。

そして兄は言葉少なに謝罪し、馬車に乗る。

私は、小さくなっていく馬車を、ただ眺めていた。

それから、兄と同様、私の人生も変わった。

今まで兄に与えられていた期待と教育。

それがすべて私に向いたのだ。

「彼女が次期当主のフェリシアだ」

「これはフェリシア様。以後お見知りおきを」

騎士団へ入るまでの一年の間に領内の有力者と顔合わせをするべく、何度も社交の場へ連れ出された。

偉い人たちとの肩がこる遣《や》り取《と》り。

いや、私も偉い人になるのか。

どうであれ、ストレスが溜《た》まる。

今までたいして勉強してこなかった儀礼や作法を、きちんと学ぶのも大変だった。

儀礼以外にも、屋敷に居る間は、常に何かを学び続ける日々になった。

何人もの教育係が、入れ替わり立ち代わり、私の部屋を訪れる。

「しっかり勉強しなければ、あの者のようになってしまいますよ」

教育係の一人がそう言った。もちろん兄のことだ。

その教育係は以前、兄のことも担当していて、彼をよく褒めていた。

でも今は、こんな口ぶりだ。

仕方の無いことだけど、少し納得がいかない。

他にも、神学の担当は特に兄を嫌っていた。

曰《いわ》く、兄には神への敬意が感じられなかった、と。

兄はいずれの学問も嫌わず、神学もきちんと修めてたと思う。

でもそこには敬意が無かったとのこと。

よく分からない。

畏敬であれ敬慕であれ、人が神様に向ける思いには、常に敬意があるはずなのに。

もっとも、そんなふうに兄のことで悩む暇も、私には無くなっていった。

とにかく何かに忙殺され続ける毎日。

今まで兄が一手に引き受けていた次期当主の義務が、すべて私に圧《の》しかかる。

兄が廃嫡されなければ、こういうことにはならなかった。

そのことで兄を恨みはしないけれど……。

でもやっぱり、どこか、兄に裏切られたのではないかと。

そんな思いが頭をもたげる。

「神を裏切ったということは世界を裏切ったということ。彼はすべてを否定し、ゆえに否定されたのです」

どこか得々とした表情で、神学の教育係は言う。

あまりに忙しい日々の中、その言葉を疑うのにも疲れを感じてしまう私だった。

そんな私へ、教育係たちが異口同音に告げる。

「あの者でもこなしていたのですよ」

兄に出来ていたことが私に出来ないはずが無いという言葉。

私は、この日々には恐ろしいまでの負荷を感じる。

でも兄のような者にも出来ていたのだから、何も問題は無いはずという理屈。

確かに兄は、この日々をこなしながら、剣を修め、かつ私やエミリー姉さんとの時間も作っていたのだ。

「…………」

あの人はいつも、どんな表情をしていたっけ。

思い出そうと試みる。

すると傍らで、教育係が咳払《せきばら》いをした。

私は意識を、読みたくもない手元の書物に戻すのだった。

◆

そこは恵まれた地と言えた。

肥沃な土地で作物はよく育ち、山河の恵みもあった。

かつ、国境は遠く、災害は少なく、つまり地政学上、危険の少ない場所であり、また、中央と地方を結ぶ輸送路の多くが通る位置にあるため、流通の要衝という役割を与えられてもいた。富が集まりやすい地であった。

豊かであればこそ、人心も安定する。この地では、軍国主義の高まるロンドシウス王国にあって、比較的平和な風土が保たれていたのだった。

当代の領主は、その才に特筆すべきものは見当たらないが、先代から受け継いだ領地を過不足なく運営しており、少なくとも無能ではなかった。

したがって、領内を訪れている国家の重鎮を蔑《ないがし》ろにすることは無い。

その日、軍需物資の増産に関する会合がこの地で行われており、そこには第一騎士団の団長が出席していたのだ。

彼女はまさに重鎮の中の重鎮。国家の英雄である。会合ののちに開かれた晩餐《ばんさん》会は立食形式で、多くの者が彼女の周りに集まっていた。

その人波が左右に割れる。領主が近づいてきたのだった。

「ティセリウス団長。初めてお目にかかります。バックマンでございます」

「これは男爵どの。ご夫人も。お会い出来て光栄に存じます。ティセリウスです」

酒の入った杯を手に、バックマン男爵とティセリウスは挨拶を交わす。男爵の隣には彼の妻が居た。

「我が領への逗留《とうりゅう》は初めてで？」

「ええ。通らせて頂くことは何度もありましたが」

王都への行き帰りで、ティセリウスはこの地を幾度となく通っている。

街に寄ったこともあり、もしかしたらどこかで〝彼〟とすれ違っていたかもな、などとも考えるのだった。

「良いところですね、こちらは。とてもよく治めておられる」

そう言って、にこりと微笑《ほほえ》むティセリウス。

周囲から熱を持った溜息《ためいき》が漏れる。

彼女は噂《うわさ》に違わぬ美貌の持ち主で、その所作も優美そのものだった。

「陛下よりお預かりしているこの領地は、我が人生そのもの。それをお褒め与《あずか》ること、恐悦至極にございます」

エステル・ティセリウスは伯爵家の息女であるが、自身は当主ではない。

現役の領主であるバックマン男爵が、序列において彼女に劣るということは本来ないが、ロンドシウス王国において騎士団長の権威は別格である。

まして最も高名な英雄。バックマン男爵の態度が慇懃《いんぎん》を極めるのも当然であった。

そして、それは隣に居る夫人も同様であるようだ。

「ティセリウス団長は私ども女性にとっても憧れの方。こうしてお会い出来ただけでも光栄ですのに、夫にお褒めの言葉を賜れるなんて」

「ご夫人の功でもありましょう。それに私は事実を申し上げているだけです。豊かで乱れず。本当に良い地です」

「まあ」

「ありがたい仰せです。私も妻も、父祖が積み上げたものを崩さぬよう、必死になっているだけなのですが」

謙虚であった。

確かにバックマン男爵が言うとおり、この地では先人の行いが奏功していたのだ。

実りが豊かなのは、代々の領主が正しく灌漑《かんがい》を行ってきたからであったし、災害が少ないのも、やはりこれまでに治水が為《な》されてきたからである。

当代のバックマン男爵は、その成果を受け継いだに過ぎない。

だが少なくとも彼は、先人が成したことを自身の功と捉えることはなかった。

貴族に限らず、多くの者は、父祖の功、家の名を自身の価値と考えたがるものだ。だがバックマン男爵にはそれが無い。

受け継いだものを、壊さぬまま次代へ受け継げるよう維持する。

器に合わぬことを試みて、積み上げられたものを損なうようなことはしない。

取り立てて有能ではない彼は、自身が取り立てて有能ではないことを知っているのだ。

それは為政者として、得難い資質と言えた。

「貴公が領主で、この地の民は幸せですね」

「民の幸福は、ティセリウス団長らが守ってくださっている平和な日々があったればこそ。ありがたいことでございます」

バックマン男爵は、そう言って笑みを浮かべる。

だが、対照的にティセリウスの顔には陰が差した。

「平和……ですか」

しまったという表情を見せるバックマン男爵。

戦火が広がり続ける昨今である。王国は平和な状況にあるとは言えない。

そして戦う者たちの負担はあまりに大きい。

最前線で命を懸けて戦うティセリウスに対し、平和な日々をありがとう、とは配慮に欠けた発言であった。

「失言でありました。血涙の果てに築かれていく貴重極まる平和を、軽々しく捉えるかのような物言い。王国貴族にあるまじきものです。どうかご寛恕《かんじょ》を」

「男爵どの、何を仰《おっしゃ》います。平和は誰もが与えられて然《しか》るべきものです」

「確かに、民にはただ平和を享受する権利がありましょう。しかし為政者となれば違います。私は己の不明を恥じねばなりません」

苦々しげに目を伏せるバックマン男爵。

どうやら本心を語っている。

隣の夫人も、表情を見る限り同じ思いであるようだった。

その姿に、胸中で溜息を吐くティセリウス。

夫妻はまともな見識を持つ人間たちだ。

こうして会って話すことで、それが理解出来た。

だが、それだけだ。

まともな見識を持ってはいるが、夫妻は愚か者である。ティセリウスはそう考えていた。

何せ彼らは、子を捨てた。

いや、子の存在を否定した。

その行いが愚かでなかろうはずも無い。

そんな思いのもと、彼女は改めて口を開く。

そして、今日この場で言ってやりたかった言葉を向けた。

「ご立派です。そうも自己を律する心がお有りだからこそ、お子もよく育ったのでしょうね」

声音には、やや怒気が含まれていた。

だが、ティセリウスにしてみれば、それも仕方が無い。

バックマン男爵夫妻は、思ったよりまともな者たちであり、それが却《かえ》って彼女を苛立たせたのだ。

道理を理解しておきながら何故《なぜ》、と。そう思わずにはいられなかった。

何故、あのような過ちを犯したのか。

何故、子を見限ったのか。

それを思わずにはいられないのだ。

男爵夫妻は、ティセリウスのその心情には気づかない。

しかし、夫妻の顔は明確に強張《こわば》っていた。子に関する話題は、彼らにとってタブーなのだ。

周囲の者たちもそれが分かっているらしく、冷や汗を浮かべている。

そして夫妻は数秒の自失ののち、ようやく言葉を発するのだった。

「……ええ。娘のフェリシアは私たちの自慢です」

「騎士団に入って、総隊長を務めておりますので」

「存じております。他の団にあっても、有能な者のことは私の耳に入りますのよ」

ティセリウスの言葉に、夫妻は表情を和らげる。

そして親の顔になった。子を誇り、子を慮《おもんぱか》る親の顔に。

その顔に、ティセリウスはなお苛立つ。

親として、フェリシア・バックマンは誇るべき娘。それは良い。

それは良いが、それだけなのか。

言《こと》の端《は》にも挙げぬのか。

その思いが、彼女の口を突いて出る。

「……ご子息については？」

ティセリウスの問いを前に、再び表情を強張らせる夫妻。

眉間を走る谷は、先ほどより深く険しい。

そこには負の感情が渦巻いていた。

「……ティセリウス団長。やはりあの者のことを知っているご様子。そして騎士団の頂点に御座《おわ》す貴方なれば、無能な団員への怒りは当然お有りでしょう。あのような者が存在していることに、私ども忸怩《じくじ》たる思いです。ですが、あれはもう、私どもの息子ではありません」

「夫の言うとおりです。あれは地上に紛れ込んだ異物であり、人の子と称するのも憚《はばか》られる存在。その点について、どうかご理解を賜りたく存じますわ」

ティセリウスは、血液が沸騰するかのような思いを味わった。

上流貴族らとの望まぬ交流の日々にあって、表情を取り繕う術は身につけている。

だが、いま彼女の表情は、誰の目にも怒りを満たしたものになっていた。

最強を謳《うた》われる者の、本気の怒りである。

そして怒りは、もはや殺気となって彼女の全身から発せられていた。

ひっ、と。夫人の喉から声が漏れる。

夫妻は蛇に睨《にら》まれた蛙《かえる》のように硬直し、周囲の者たちは後ずさった。

「ティ、ティセリウス団長。お怒りはごもっともです。しかし、あのような者、路傍の石に過ぎません。確かに不浄で、お目汚しでしょうが、団長や騎士の皆様が偉業を成すに、障害にはなりますまい」

「そ、そうです。それに、捨ておいても遠からずどこかで朽ちますわ」

ティセリウスは今、帯剣していた。そしてそれを後悔している。

剣に伸びようとする手を止めるのに、強烈な忍耐を要しているのだ。

自らの子に対してこの物言い。

神の法が夫妻にそれを言わせているのだとしても、怒りを抑えること、とても敵《かな》わなかった。

「……私はそうは思いませんが」

ようやく絞り出した声は、彼が勝手に朽ちるという夫人の言《げん》を否定したものである。

だが夫妻は、その男の存在について非難されていると受け取っている。

あのような者を産み育ててしまったことに対して、彼女は激怒しているのだと。

夫妻は今日、ティセリウスとの間に誼《よしみ》を得ることを期待していた。

国家的英雄と懇意に出来れば、未来はきっと明るいものになる。それを夢想していたが、しかし今、彼女から激しい怒りを向けられているのだ。

あの男のせいだ。かつて息子だと思っていたあの男が、この期に及んで我々の邪魔をしているのだと、夫妻は臍《ほぞ》を噛《か》むのだった。

「わ、私たちも無念なのです。あれには期待したこともありました。ですが、何の加護も得られず、何の力も持てず……」

「私はそうは思わない！」

語気を強めつつ、同じ台詞を繰り返すティセリウス。

加護が無い点は、そのとおりだ。

だが力を持っていないという点については、明らかに誤りであると彼女は知っている。

彼には戦う力がある。その礎となる、強固な心も。

親でありながらそんなことも知らぬのかと、怒りはなお高まる。

酒が入っていることもあったかもしれない。怒りのまま、彼女は言葉を続けるのだった。

「お二人は、その名を口にすることも厭《いと》うようなので私が言おう。その男、ロルフ・バックマンは……」

彼の名を口にするティセリウス。

今や、この領においては口にすることも憚られる、その名を。

「傑物だ。あれほどの男、他には居ない」

「は……!?」

バックマン男爵は、呆《ほう》けたような声を出した。

ティセリウスが言ったことの意味が分からなかったのだ。

女神ヨナから棄《す》てられた男。

地上に居てはならない背教者。

あの男が忌むべき人間であることは、常識において明らかである。

にもかかわらず、ティセリウスは、その男を評価しているように聞こえた。

「ティセリウス団長？　お、仰る意味がよく分からないのですが……」

「言ったとおりだ。彼は優れている。貴公らより遥《はる》かにな」

社交の場にあって余計な発言であった。

加護なしを肯定することは、彼女の名望にも影響し得るのだ。

いかにティセリウスが比類なき英雄であっても、国是や常識に悖《もと》ることを言い連ねていては、いずれ不利益を被《こうむ》ることもあるだろう。

しかし言わずにはいられない。

傷だらけになりながらも、信ずるもののために戦い抜くあの姿。

誰に認められなくとも、どれだけ蔑まれても、決して諦めないあの姿。

それを思えば、彼が実の親からこのような物言いをされてしまうことに、涙が零《こぼ》れる思いだ。

だからどうしても。

どうしても言わずにはいられない。

「す、優れて、いる……？　私どもより、あの男が、ですか？」

「ティ、ティセリウス団長。誰かとお間違えでは？」

「間違いではない。ロルフ・バックマンは武をよく修め、知に秀で、その勇には黄金の価値を持つ男。貴公らとは比べるべくもない」

「な、な……」

男爵夫妻は二の句を継げずにいる。

加護なしに劣るなど、最大級の侮辱であった。

だがそれ以前に、ティセリウスの言葉を到底信じられないのだ。

国家の英雄たる彼女が、まるで理屈の通らぬことを言っている。

そのことの意味が分からない。

だが夫妻の動揺に構うことなく、彼女は続ける。

「ロルフが居なければ、私は死んでいた。騎士団の多くの者たちもだ。言っておくぞ男爵どの。貴公自慢のフェリシアどのも、ロルフが居なければ、とうに死んでいる」

「何を馬鹿な……！」

「事実だ。私が嘘を吐いていると、貴公は言われるのか？」

エルベルデ河だけでなく、ゴドリカ鉱山でもロルフはフェリシアを救っている。

そのことをティセリウスは把握していた。

「し、しかし……！　う、ぐ……！」

男爵夫妻の顔面は蒼白《そうはく》だった。

何が起きているのか分からない。

いや、分かるが、しかし理解出来ない。

理屈に合わぬことで面罵され、信じ難《がた》い屈辱を受けているのだ。

この地の領主たる自分たちがである。

その領主の矜持《きょうじ》ゆえか、男爵はどうにか口を開いた。

「ど、どのようなことがあろうと、女神に棄てられたということは事実。曲げられぬ事実なのです。

そしてそれが意味するところは一つ。あれは、あの男は、異物なのです」

誰もが拠《よ》り所《どころ》とする教義。

彼が言うとおり、曲げられることのない常識。

必死にそれを振りかざす彼を前にし、ティセリウスは一つ嘆息し、そして言った。

「……失礼。熱くなり過ぎたようだ」

戦場で冷静さを失うことなど無いのに、戦場の外にあってこの有様とは。

それを思い、ティセリウスは自戒した。

口にした言葉について後悔はしないが。

「男爵どの。貴族社会において、親子の情愛を二の次に置くのは、よくある話。廃嫡についても、それを選ぶ権利は貴公に与えられている」

そうであっても、子の存在そのものを全否定するような挙を、ティセリウスは許せない。

だがここに至ってそれを言いはしない。

その代わり、噛んで含めるように伝える。

バックマン男爵がいかに間違っているかを。

「しかし、よろしいか男爵どの。自身の選択には殉ぜねばならぬ。捨てた者に牙を剝《む》かれたとしても、そしてその者が、貴公が思うより遥かに強大だったとしても、もう貴公の選択は無かったことにはならないのだ」

「何を……！　あれが私にとって障害になり得ると言うのですか!?」

「どうかな。貴公を一顧だにしないかもしれん」

「……！」

その男を見限ったはずの自分が、逆に歯牙にもかけられない。

その不本意極まる言葉に、ますます屈辱を深め、ついには震え出す男爵。

その様を気にしたふうも無く、ティセリウスは夫妻に背を向ける。

「では、私はこれで失礼する」

「待たれよ……！　貴方は何故、あの者をそうも買っているのか！　その振る舞いが背信にあたるとは思われないのか！」

歯を食いしばりながら、ティセリウスの背に問いかける男爵。

隣では夫人も怒りに紅潮している。

「思わぬ。強い者に注視するのは私の仕事であり、王国のために必要なことだ」

「奴が強いというのが馬鹿げているのだ！」

男爵は声を荒らげる。

それに対しティセリウスは、振り向き、夫妻と順に目を合わせ、そして言った。

「私は強い。ここに居る者たちの誰よりも」

まさに誰にも否定し得ぬ、それは事実であった。

そして強者はゆっくりと人々を見まわし、それから告げる。

「だから強きを知っている。故にこそ分かるのだ。強き者と、その価値が」

周囲が静まり返る中、しかし夫妻はなおも彼女の言《げん》を認め得ない。

呟くように言ったのは夫人であった。

「そんなこと……考えられない。あの、あの醜悪な者が……」

「醜悪？　どこがだ。貴公らご夫妻に似ず、彼は明らかに美男子ではないか。見惚《みほ》れるような面立ちだと私は思うがな」

「は……!?」

「穏やかなくせに激しく光る眼差しはどうだ。あの眼《め》、夜ごとに思い出さずにはいられぬ」

それにあの見事な体軀。

エルベルデ河で、爆発から守るために彼女を掻《か》き抱《いだ》いた太い腕を思い出しつつ、ティセリウスは再び背を向け歩き出した。

最後にもう一言を告げて。

「この私を娶《めと》らせたいぐらいさ」

「なっ……!」

常軌を逸した台詞。

誰もが茫然《ぼうぜん》とする中、ティセリウスは足音を響かせ退室していった。

◆

会場を去る馬車の中には、副団長フランシス・ベルマンが座っていた。

やや半眼で、対面の上官を見ている。

その上官、すなわちティセリウスは、両手で顔を覆い、俯《うつむ》いていた。

「くぅ……」

悶絶《もんぜつ》しているかのようなその声音。

彼女は、先ほどの自分の言動を後悔しているのだ。

基本的には言うべきことを言ったと思っているし、バックマン男爵を怒らせたことも問題と感じていない。

だが妙に興が乗ってしまい、立ち去り際、明らかに余計なことを口走ってしまった。

それを思い、くぐもった声をあげるティセリウスだった。

「うぅ……」

「良い台詞でしたな」

追い打ちをかけるように言うベルマン。

彼も会場に居《お》り、一部始終を見ていたのだ。

「穏やかなくせに激しく光る眼差しはどうだ。あの眼、夜ごとに思い出さずにはいられぬ」

「ふぬぐ……！」

「この私を娶らせたいぐらいさ」

「ぬあぁぁぁぁ！」

私は強い、と演説をぶったばかりの英雄の、強そうには見えない様に嘆息しながら、ベルマンは首を振る。

そして思った。

ティセリウスが示した懸念。

ロルフ・バックマンが敵に回る未来もあるかもしれぬと、彼女は男爵に告げたのだ。

あれは、男爵にとっての敵というだけの意味ではないだろう。
ただの予感ではあるが、しかしエステル・ティセリウスの予感である。
取るに足らぬ杞憂《きゆう》などではない。
ティセリウスは、本当にその未来があり得ると考えている。
「ままならぬものですな……」
そう言って、馬車の窓に目を向けるベルマン。
夜のバックマン領の風景が、車窓に流れていた。
今まさに辺境で起きていることを、彼もティセリウスも、まだ知らない。

Ⅲ

辺境伯の館の一室。

会議卓に、十人ほどの人間が集まっていた。

卓の片側に座るのはザハルト大隊の中心メンバーだ。

上座側から、ヴィオラ・エストバリとテオドル・エストバリ。

姉弟である二人は、この傭兵団の団長と副団長だった。

その横には男が二人居る。

彼らはウルリクとシグムンドと言った。

四人とも若く、二十代であるようだ。

だが彼らは極めて高い戦力を有することで知られるザハルト大隊の主要メンバーであった。

その四人の向かいに、上座に居る辺境伯を挟んで領軍の幹部たちが座っていた。

そして、その幹部たちの隣、いちばん端にはフェリシアの姿もある。

「状況は今説明したとおりです。ヴィオラ団長、質問は？」

そう述べる領軍幹部の視線は、濃い茶色の髪をベリーショートにした女性、ヴィオラ・エストバリに向けられていた。

美しいが、傭兵団の長らしく怜悧《れいり》な眼差しを持っている。

「やはり砦の司令官代理が敵に回ったという点が気になります。テオドルはどう？」

「僕も同感だよ姉さん。ええと、ロルフ・バックマンでしたっけ？」

弟のテオドルが姉の考えを首肯した。

長身でやや細身、姉より少し長い髪を持った、優し気な面立ちの男だ。

「はい。そのロルフが魔族と結んだ、と報告されています」

「先の戦いでもそれらしき姿が確認された。フェリシア総隊長、話してくれ」

辺境伯が、フェリシアに発言を促す。

フェリシアは躊躇《ためら》いつつも口を開いた。

「……隊列の先頭の方、砦の門前で、領軍と戦闘する人影を見ました。それが、ロルフ・バックマンのものであるように見えました」

「それは確かなのですか？」

「ヴィオラ団長、彼女はロルフ・バックマンの実妹だ。あの男の姿をよく知っている」

「なんと……」

一瞬、ヴィオラの視線に憐憫《れんびん》が混ざった。

自身は弟を信頼し、固い絆《きずな》で結ばれている。

一方で、そのような境遇にある兄妹《きょうだい》も居るのだ。

「で、ですが、その人影は、何人もの領軍兵を斬り伏せているように見えたのです」

フェリシアの言葉に、領軍の幹部たちが目を見開き、顔を見合わせた。

フェリシアとしては、この領都へ剣を向けている敵軍の中に兄が居るなどと、今なお信じたくはない。

だから彼女は、あの人影が剣で領軍と戦っていたという点に縋《すが》りたかった。

遠く、かつ混乱する戦場での光景であったため確実ではないが、あの人影は剣を手に、領軍兵たちを斬り倒しているように見えたのだ。

「おい、だから何だってんだよ。分かるように話せや」

ザハルト大隊の若い男、シグムンドがぞんざいな口調で言った。

ウルリクはその隣で、退屈そうに足を組み、明後日《あさって》の方へ目を向けている。

「おい、辺境伯様の前で……！」

「構わん。傭兵とはこういうものだ」

気色ばむ幹部を辺境伯が諫《いさ》める。

だが実際のところ、辺境伯の言葉とその声音には、傭兵という職にある者たちを蔑視する感情が含まれていた。

そしてヴィオラとテオドルはそれに気づいている。

実力ある傭兵団を率い、しばしば貴族との関わりも持ってきた二人だ。

そういった機微には敏感だった。

ゆえにこそ、それを指摘するような真似《まね》はしない。

「辺境伯様、ご寛恕に感謝します」

「この稼業の性質上、どうしても無作法者が集まりますが、腕の方は確かです。この者たちも失望はさせませんので」

ヴィオラとテオドルが言うと、ウルリクは薄い笑みを浮かべ、シグムンドは鼻で笑った。

対照的にフェリシアは眉をひそめる。

エストバリ姉弟には品性を感じるが、ウルリクとシグムンドには不快感を禁じ得ない。

だが、仕方が無いのだろう。辺境伯の言うとおり、彼らはこういう種類の人間なのだ。

苛立ちを押し込めながら、フェリシアは説明した。

「……兄、ロルフ・バックマンは魔力を一切持っていません。剣を手にしたところで、まともに戦えないのです」

「一切持っていない、とは？」

ヴィオラが困惑したように問う。

答えたのは幹部たちだった。

「言葉のままです。ロルフ・バックマンは女神から魔力を与えられていません。したがって、戦えはしないのです」

「領軍では全員に銀の装備が行き渡っているわけではありませんが、それでも加護なしが何人もの兵を斬り伏せるなど、考えられない事です」

「魔力をもらえなかったのか！　ははははは！　そんな事があるとはな！」

ウルリクが笑声をあげた。

エストバリ姉弟は互いに視線を交わしながら思案する。

そしてテオドルが言った。

「少なくとも、砦からは司令官代理が寝返ったという報告が来ているのでしょう？　ならばそれを前提とするべきでは？」

「弟の言うとおりです。加護なしという点はともかく、そしてその人影がそれであったかも差し置くとして、敵軍の中に、領都や領軍をよく知る者が居ることは前提としておくべきでしょう」

ヴィオラの指摘は正論であり、それゆえに幹部たちは沈痛な表情を浮かべる。

本来、領都アーベルについて、魔族は詳しい情報を持っていない。

だがロルフが敵に居るなら別だ。

彼は着任して以降、この地の状況を努めて知ろうとしていた。

領都の構造はおろか、領軍の構成についても把握しているだろう。

そして幾秒かの沈黙のあと、幹部たちのうち、最も年若い男が小さく言った。

「バックマンと対話を持つことは出来ないでしょうか……？」

「加護なしと対話だと!?」

「貴様、気は確かか!?」

間髪をいれず返ってくる幹部たちの怒号に肩を縮こまらせながら、男は答える。

「……奴の着任後に砦の戦況は上向き、奴が離反するや否や、我らは危地に陥っています。あの男は、敵とするべきではなかったのでは？」

弱々しい声音で絞り出されたその言葉は、幹部たちが認めたくない事実を突きつけていた。

幹部は皆、苦々し気な表情で押し黙る。

男は続けてぼそぼそと言った。

「正規の司令官の座を与えるなり約束してやれば良い。そしてこちらに戻るよう勧告するのです」

請願ではなく勧告である点が彼の限界だったが、その言葉には、追い詰められた者の感情がこもっていた。

幹部たちは、なお沈黙している。

理解はせざるを得ない。しかし認めたくないのだ。

今まで、ロルフの挙げる戦果の上に胡坐《あぐら》をかき、彼を蔑んでいられたのは、安全だったからだ。

幹部らも戦ってはいたものの、ロルフの働きによって戦略的優位は保たれていた。

いま自分たちが窮地に陥り、初めて気がついたのだ。

その蔑む相手が、自分たちの生命を脅かせる存在であることに。

その幹部たちに、ヴィオラが問う。

「しかし、そのロルフ・バックマンは対話に応じるでしょうか？」

これほどの挙に及んだ男が帰順するとは思えない。

対話は時間稼ぎにもならないのではないか。

ヴィオラにはそう思える。

これに対し、吐き捨てるように答えたのは辺境伯だった。

「それ以前に、こちらに対話の意志は無い」

「あの！　私が説得に赴けば、あるいは」

「駄目だ。奴との対話は無い」

フェリシアの提案も、即座に却下される。

辺境伯にしてみれば、自身の感情を抜きにしても、対話路線は採りようがない。

大逆に対して手を差し伸べるなど、国体の維持に関わる話である。

中央の了解も得ず、そんなことが出来るはずもないのだ。

「ご意思は分かりました辺境伯様」

目を伏せるフェリシアをよそに、この話を切り上げるヴィオラ。

彼女にしてみれば、本題、つまり戦いについて早く確認したいのだった。

「それで我が団の任務ですが、要員の足りていない領軍の各部隊をカバーしつつ、他は独自で遊撃にあたらせて頂けますでしょうか」

「それで構わん。だが状況は逐一共有するように」

「心得ております辺境伯様。お聞き入れ下さり、ありがとうございます」

広大な領都には多数の門がある。

魔族軍が、そのいずれから攻め入ってくるか分からない以上、辺境伯としても遊撃部隊は欲しい。

本音を言えばザハルト大隊を領軍の指揮下に組み入れたいし、また、傭兵の案を採用することに不快感もあったが、現状、ヴィオラの案が最適解であることは彼にも分かっていた。

がたり。

直後、椅子が音を立てる。

フェリシアが不意に立ち上がったのだ。

「辺境伯様。私もお連れください」

「……先の戦いでは許したが、もう良いだろう。君の立場を思えば、これ以上の関与を許すわけにはいかん」

「ですが！」

必死さを滲ませるフェリシア。

彼女の眼の奥にある感情が、兄を慮るばかりの単純なものではないことに辺境伯は気づいている。

そこには、何か危うい執着のようなものが見て取れた。

どうやら彼女は、辺境伯にとって、扱いの面倒な不確定要素と言えるようだった。

どう動くか分かったものではない。

敵の身内というだけで、十分戦場から遠ざける理由になるが、これ以上関わらせる気にはなれなかった。

「自重せよフェリシア総隊長！　これは、王国から賜った封土を守るための戦いなのだぞ！」

「う………」

辺境伯の怒声に押し黙るフェリシア。

兄が近くに居るかもしれない。

居ないで欲しいが、敵軍の中に居るかもしれない。

そして居るのなら、会わなければならない。

だけど会うことが出来ない。

もどかしさに拳を握りしめるフェリシアだった。

◆

リーゼは、百メートルほど先にそびえる大きな門を見つめていた。

領都アーベルの門の一つである。

夜だが、かがり火でよく見える。

いよいよ領都攻略戦が始まるのだ。

ロンドシウス王国の領の多くは、都市国家然とした体制をとっている。

執政機能を持った一つの大きな都市と、点在する農村によって領地が成り立っているのだ。

このストレーム領も同様であった。

つまり領都アーベルを落とし、辺境伯を排除すれば、ストレーム領自体が陥落する。

この地で長く続いていた戦いが、魔族の勝利というかたちで終わるのだ。

それを思い、常になく緊張を感じるリーゼだった。

あの門を攻撃するのはリーゼとその部下たちだ。

ロルフは別の門を担当し、フォルカーは全体の指揮を執っている。

ロルフは、複数ある領都の門のうち、四つを同時に攻撃する策を立てた。

複数個所《かしょ》への同時攻撃は、バラステア砦を攻める際に魔族がしばしば用いた策だった。

この領都攻略において、ロルフはそれを採用したのだ。

これは、ロルフに対するこれまでの魔族の攻撃が有効であったことを、ロルフ自身が明示するものであった。

今回この策が用いられることを知った魔族の中には、苦笑を見せる者も居た。

もっとも策には、今回の作戦に向けてアレンジが加えられている。

魔族が行っていたのは二か所か三か所への同時攻撃だったが、今回は四か所だ。

その分兵力を分散させることになるが、今回はこの方が利するところが大きいと判断されたのだった。

この四か所の門は、領都内の連絡路の造り上、かなり遠い位置関係にあるのだ。

防衛においては、伝達に時間がかかり、指揮が届きにくく、援軍の移動においても難儀することになる。

逆に門の外、攻撃する側にとっては、地形上の制約も無く、連携しやすい四か所であった。

防衛側だけが走り回らされることになるのだ。

ただでさえ数で劣る領軍が、更なる消耗を強いられることになる。

地形と、領都の造りを把握しているロルフだから立てられる策であった。

リーゼは、この策を評するフォルカーの言葉を思い出す。

「兵数で勝る以上、本来ならそれをそのままぶつけるのが正道ですが、これはよく考えられています」

ロルフが自ら担当する門へ赴いたあと、フォルカーはリーゼにそう言った。

多くの場合、兵力分散は愚策だが、この策はそれにあたらないと評しているのだ。

「砦で防衛戦を行わなかった点からも言えますが、アドバンテージに頼り切らない点にロルフの知略の妙味があるようです」

確かにそのとおりだ。

だがリーゼとしては、ロルフの魅力はやはり剣にあると思っていた。

ヘンセンで見た、あの力強く美しい剣技の数々。

昨日の戦いでも美技を閃《ひらめ》かせていた。

そしてそれ以前、エルベルデ河で初めて会った時もそうだった。

ロルフの剣は、物語の英雄が振るうそれに見える。

思い出すだけで、頬に熱を感じるリーゼだった。

「……………はっ」

ぶるぶるぶるぶる。

自分が戦場にあるまじき思案に耽《ふけ》っていることに気づき、大きく首を振るリーゼ。
近くに居た部下が怪訝《けげん》な顔をしている。
こんなことを考えてる場合じゃない。
ベルタに叱られる。
目の前の戦いに集中しなければ。
リーゼは意識を切り替え、門を強く見据えた。
それから、よく通る声で号令を出すのだった。
「行くわよ！　攻撃開始!!」

◆

「四か所同時か」
ザハルト大隊が司令部を置いている市街広場。
テーブルの上に広げられた街の地図を見ながら、テオドルが言った。
報告によると、魔族軍は四つの門へ同時に攻撃してきたのだ。
領軍がバラステア砦への途上で敗れた翌日の夜。
魔族軍は前回の戦いから一日で攻め込んできた。
彼らは、たいして損耗していない。

だから中央からの援軍を得る時間を領軍に与えないためにも、早期に攻め込んでくることは予想されていた。

だが、それにしても早い。

軍を再編制する運用能力に優れている証拠だ。

ヘンセンで勝ったのも伊達《だて》ではないのだろう。

しかし、兵力をわざわざ分散させての四か所同時攻撃は、巧《うま》い策とは言えない。

テオドルは、敵もここにきて判断を誤ったかと思いながら地図を見る。

だが、すぐにそれが、ぬか喜びであったことに気づいた。

「姉さん、これは」

「北の第一門と第四門、それから東の第二門と第四門。距離的にはそうでもないけど、連絡路が長すぎる。こちらが不利になる展開ね」

「だよね」

これらの門を繋ぐ連絡路は市街を大きく迂回《うかい》している。

防衛側にとって最も連携がとりにくい四か所へ同時攻撃を受けたのだ。

「こうなってくると姉さん、敵には……」

やはり敵には、この街をよく知る者が居る。

ロルフ・バックマンという人間が魔族と結んだのは事実なのだろう。

ヴィオラは頷き、弟に問い返した。

「テオドル。彼に対する評価を聞かせて」

ヴィオラは、ロルフの考えるところを洞察し、策を練ろうとしている。

そして、そういう時に彼女が最も信頼するのは弟の意見だった。

「そうだね………。加護が無いという点には、やはり嫌悪感を感じる。背信の徒であることは間違いない」

顎に手をあて、考えながら答えるテオドル。

真剣な声音だった。

「どんな者であれ、必ずどこかで女神と繋がれるはず。女神に棄てられた人間というのは、この地上において異物と言うほか無いよ」

「そうね。私もそう思う」

ヴィオラが、テオドルの意見を肯定する。

これは疑いようの無い事実の確認であった。

「でも僕としては、見るべき点はある人物なんだと思う。ここ数か月の間にこの地で起きたことを思えば、戦略、戦術共に優れたものを持っていることは確かだ」

優し気な風貌と柔らかい物腰を持ったテオドルは、戦場にあっては〝優男〟と見られる向きがある。

そんなテオドルを侮り、敗れて死んだ者を、彼は大勢知っていた。

それゆえに彼は、敵を侮る愚には敏感だ。

侮れば死ぬ。その思いのもと、慎重に考えを巡らせるのだった。

「たとえば、四肢が欠けていても学術史に貢献した者が居る。生来の痴愚《ちぐ》とされながら、見事な神像を彫り上げた者も居る。加護なしだからといって、取るに足りない無能者と断ずるのは危険なんじゃないかな」

「同感よ。それじゃあ、彼が優れた軍略家であると前提し、四か所のうち本命はどこだと思う？」

「そこは読めないな。姉さんの意見は？」

「たぶん、北のどちらかよ」

ヴィオラは地図の上に指を滑らせる。

そして北の第一門と第四門を指した。

「どうして？」

「彼は魔族の民間人への攻撃を嫌ったらしいわ。イマイチ理解出来ない考え方だけど、種族に関わらず、戦いに関わらない者から奪うこと自体を否定したそうよ。だとすれば、その考えは人間に対しても適用されるはず」

「彼が民間人に累を及ぼさないように行動すると思うんだね？　だから居住区から離れた北側に主力を回してくると」

「そうよ」

頷き合うヴィオラとテオドル。

「第一門は領軍の布陣がいちばん厚い。僕たちは第四門に戦力を向けるべきだろうね」

「伝令！　ウルリクとシグムンドに、北の第四門へ向かうよう連絡して！」

ヴィオラはすぐさま命令し、戦力を差し向ける。

「ウルリクとシグムンドを向かわせるの？　二人とも？」

「そうよ」

テオドルは表情に驚きを浮かべた。無理も無い。

ウルリクとシグムンドは、団内でエストバリ姉弟に次ぐ戦力なのだ。

二人とも、領軍兵は元より、王国の一般騎士と比べても遥かに強い。

いずれの戦場でも勝利しか知らない者たちである。

今回のように兵力が分散され、それぞれの戦場が小さいケースでは、どちらか一人を増援に送れば、戦術的勝利を得ることも可能なはずだった。

そういうレベルの戦力なのだ。

そんな二人を一か所に投入するのは、いくらロルフを買っているとしても、理屈に合わないように見えた。

「そうするべき……と感じたってこと？」

「そうね。勘としか言いようが無いけど」

ヴィオラにしてみても、慎重に過ぎると感じている。

だが、傭兵としての勘がロルフへの警戒を告げているのだ。

テオドルは姉からその警戒を感じ取り、黙って同意する。

再び地図に目を落とし、真剣な表情を作るヴィオラ。

弟は、姉を前に改めて考える。

血を分けた姉弟。

常に共にあり、何があっても味方でいてくれる人。

彼女が居るから、戦えている。

もし、彼女が敵に回ったら。

想像するだけで怖気《おぞけ》をふるう話だ。

それだけに、フェリシアには同情を禁じ得ない。

あの兄妹がどんな道程を経てきたのか知らないが、いずれにせよ別離は悲しいものでしか無い。

自分なら耐えられるだろうか。

もし姉と引き裂かれたらと思うと………。

「テオドル」

彼を現実に引き戻す、柔らかな声。

見れば、ヴィオラが微笑みながら弟を見つめている。

「大丈夫よ」

「……何が？」

「私は居なくならないわ」

「僕、何も言ってないよ」

テオドルがそう言うと、ヴィオラはずいと顔を寄せてくる。

そして人差し指で弟の胸を突《つつ》きながら、破顔して言った。

「お見通しよ」

苦笑するテオドル。

昔から、姉に隠し事を出来た試しがない。

「で、どうかな姉さん。ロルフ・バックマンは出てくるかな?」

やや強引であることを自覚しながら、照れ隠しに話を変えるテオドル。

その心情も姉には筒抜けだが、彼女は問いに答えてくれる。

「自身が前に出てくる可能性は低いんじゃないかしら。フェリシアさんがバラステア砦で見た人影は彼じゃないと思うわ。彼女や領軍幹部が疑ったとおり、魔力が無いのに敵を倒せるわけが無いし」

「そうだよね」

「出来れば、ここで出てきてくれた方がありがたいけどね」

その言葉にテオドルは頷く。

ウルリクとシグムンドを差し向けた以上、直接交戦すれば勝利は疑いない。

ヴィオラの勘が警鐘を鳴らすほどの相手なら、早い段階で斬り伏せておきたいところだ。

「まあ、戦場で見《まみ》えることになれば、私たちに負けは無いわ。万に一つもね」

傍らに置いた槍を撫《な》でながら、ヴィオラが言う。

彼女にとってそれは決して大言ではなく、ごく当然の見解だった。

いかにロルフが警戒すべき相手でも、直接戦うとなれば負ける気はまったく無い。

エストバリ姉弟は音に聞こえた槍の名手で、特に風魔法を纏《まと》うヴィオラの槍は、極めて強力なことで有名だ。

ヴィオラが目を細めた瞬間、テオドルには周囲の空気が冷えたように感じられた。

優しい姉が纏う、ヒリつくような気配。

改めて姉の強さを思い出し、彼は背筋に汗を伝わせるのだった。

◆

雲の無い夜だった。

ヘンセン同様、夜戦だ。今度は攻める側だが。

俺は北側の第四門に対する攻撃を指揮していた。

俺の指揮下に入るようリーゼが言ったこともあり、魔族たちは皆、指示に従ってくれている。

敵の方はと言えば、やはり大きく数を減らしていた。

防衛側が連携しづらい門への同時攻撃も奏功し、俺たちは優位に戦いを進め、そして程なく、門を突破した。

「ロルフさん！　やりました！」

「まだだ！　油断するな！」

敵は諦めず、門の内側に隊列を敷き、俺たちを押し返そうとしてくる。

ここが抜かれ、辺境伯の身に刃が至れば、ストレーム領の歴史は終わる。

敵にも当然そのことは分かっている。

彼らの表情には、決死の思いが浮かんでいた。

この表情を見せる兵を侮れば、痛い目を見ることになる。

一層気を引き締め、慎重に行かなければならない。

かと言って、最後尾で指揮に終始するのは俺の戦い方ではない。

まして俺は魔族たちの信頼を得なければならないのだ。自ら戦う必要がある。

そう考え、先陣を切って敵の隊列に攻撃を加えていく。

そこへ味方の報告が届いた。

「ロルフさん！　北側第一門も我が方有利とのことです！」

「了解だ！」

リーゼが攻めている北の第一門も優勢のようだ。

今回、本命は北側で、東側の二か所は陽動だった。

主力は北側に集められており、東の攻撃部隊は薄い。

東側の部隊は、攻撃を加えて敵を引きつけることのみを目的としており、門の突破は考えていないのだ。

寡兵で以《もっ》て嫌がらせのように散発的な攻撃を加え、敵を釘《くぎ》づけにする。

これは、魔族たちがバラステア砦を攻める際にしばしば使っていた戦法だ。

彼らはこれが実に上手かった。

結果、本命の北側で有利な状況を作れている。

そして実のところ、俺の部隊とリーゼ隊の両方が本命で、どちらが突破しても良かった。

突破した方は、そのまま街の中心地へは向かわず、もう一方の門へ向かって敵を挟撃し、そのうえで味方と合流する手筈《てはず》なのだ。

「せっ！」

「うわあぁっ!?」

俺は敵の隊列に肉薄し、煤の剣を振るう。

剣を受けた一人は胸をざくりと裂かれて倒れ、周りの者たちは蜘蛛《くも》の子を散らすように離れていく。

敵の隊列に穴が開いた。

ここを突破するまで、あと少しだ。

そう思った瞬間。

敵陣の後方から、一気に近づいてくる者が居た。

「オラァァァァ！」

「むっ!?」

衝撃。

ガードする剣の上から叩きつけられた敵の剣は、俺を二メートルほども押し返す力を持っていた。

両腕にびりびりと痺《しび》れが走る。

そこへ横合いから槍が突き込まれてきた。

俺は退がってその槍を回避する。

いや、槍じゃない。

突き込まれた攻撃は、そのまま敵の手元に戻ることなく、俺の方へ半円の軌道を描いて斬り込まれてきた。

槍に見えたその武器は、横に斧《おの》の刃を持っていたのだ。

「ふっ！」

俺は後転して刃を躱《かわ》し、敵から大きく距離を取る。

そして立ち上がり、襲いかかってきた二人を見据えた。

「斧槍《ハルバード》か……」

一人は剣を、もう一人は斧槍《ハルバード》を持っている。

槍に斧の刃が、そして斧の反対側に鎌の刃が備わっている、珍しい武器だ。

そして二人とも、明らかに領軍の者ではない。

傭兵だろう。

「はっは！　やたら暴れてるヤツが居ると思ったら！　黒髪、黒目！　でけえ体！　ひょっとしてお前がロルフ・何たらか？」

剣を持っている男が、犬歯を剥《む》き出《だ》しにして問いかけてきた。
背丈は俺より少し低いが、それでも大きい部類に入る。
緑がかった黒髪は、適当に伸ばされてぼさぼさだった。
野性味を感じさせる男だ。
どういう剣を使うか、風体から想像がつく。
「ああ。俺がロルフだ」
名乗ったのは、騎士道精神に乗っ取ったからじゃない。
この二人を俺に引きつけるためだ。
今、この戦場に居る者のうち、目の前の二人は突出して危険な存在と言えた。
俺が受け持たなければ、戦線を維持出来ない。
「戦えないと聞いてたが、話が違うみたいだな。まあどっちみち殺すだけだが」
斧槍《ハルバード》を持った男が言う。
背丈は剣の男と同じぐらい。
くすんだ金髪を短く刈り込んでいた。
太い首や腕から、剛力の持ち主であることが分かる。
だが技巧にも優れることは、さっきの攻撃で証明されていた。
「よぉーし。それじゃ仲良くしよう……ぜっ！」
言いながら、剣の男が踏み込んできた。

速い。
そして勢いを利用し、剣に体重をたっぷり乗せて打ち込んでくる。
がきり。
激しい金属音と共に、剣で受ける。
だが衝撃を殺し切れない。
強い体幹を持つはずの俺が、一瞬体勢を崩してしまう。
そこへ二撃目、三撃目が襲い来る。
がつりがつりと打ちつけられる、圧力に満ちた剣。
剣からの衝撃が、爪先にまで伝わっていく。
一振りごとの威力が恐ろしく強い。
だが、そのぶん隙もある。そこを突くことは可能だ。
一対一であったならだが。
ごう、と響く風切り音。
斧槍《ハルバード》が立てた音だった。
刺突《とげつき》ではなく、斧の部分を用いた横薙《な》ぎだ。
この男、やはり巧い。
足元を狙ってきたのだ。
俺は高威力の剣をガードするため、下半身に力を込め、地を強く踏みしめていた。

そこへ斧の刃が迫ったため、回避行動に移るのがコンマ何秒か遅れてしまう。

びしりと音を立て、俺の足に傷が刻まれる。

俺は、すんでのところで跳び退《すさ》り、刃を躱した。

だが、刃に纏《まと》われた魔力が脛《すね》を抉《えぐ》っていったのだ。

浅い傷で済んだが、回避があと少しでも遅ければ足を失っていただろう。

「マジかこいつ。今のを捌《さば》き切るのかよ」

「完全に足を捉えたと思ったんだがな」

二人の顔に警戒の色が浮かぶ。

俺は剣を中段に構え、二人が視界に収まる位置をキープした。

「失礼な奴らだな。俺には名乗らせて自分たちは名乗らないのか」

「はっ！　騎士じゃねえんだよ！　戦いに名前なんか関係あるか！」

「知りたいなら聞き出してみたらどうだ？」

剣の男は俺の言葉を一笑に付し、斧槍《ハルバード》の男は挑発的な表情を作る。

二人とも厄介な敵だ。

だが斧槍《ハルバード》は懐に入ってしまえば攻略の目もあるだろう。

そう考え、俺は踏み込むタイミングを窺《うかが》う。

しかし、先にその斧槍《ハルバード》が突き込まれてきた。

纏われた魔力も避けつつ躱すが、これでは終わらない。

斧槍《ハルバード》による攻撃は、ここから変化してくるのだ。
横薙ぎに軌道を変えた攻撃が、斧の刃で俺の首筋を狙ってくる。
斧槍《ハルバード》も様々だが、この男が使っているものは、かなり大型だ。
斧の刃が大きく、重心が先端に集中しているため、扱いは相当難しいだろう。
この男はそれを見事に使いこなしていた。
だがこちらの武器も重量級だ。
俺は今度は躱さず、剣で斧の刃を受け止める。
重々しい音が、がきりと響いた。
「うっ!?」
男は驚きに声をあげる。
この攻撃を剣で受け止められたのは初めてなのだろう。
俺はそのまま反撃に転じようとする。
だが剣の男がそれを許してはくれなかった。
「おらぁっ!!」
上段から振り下ろされてくる剣。
俺はそれを大きく躱して横へ跳ぶ。
そして斧槍《ハルバード》の男から距離を取り、今度は剣の男に目を向けた。
「はっ！　どうしたよ？　防ぐ躱すだけじゃ勝てねえぜ？」

「そうなのか。ご教授、痛み入るよ」

この男の言うとおりだ。攻撃しなければ勝ちようが無い。

しかし慎重にならざるを得ない相手なのだ。

このレベルの敵を二人同時に相手取り、不用意に踏み込むわけにはいかない。

俺は息を整えながら、二人を観察して隙を探す。

そこへ味方の声がかかった。

「ロルフさん！　北側第一門、突破しました！」

その声を聞いて、剣の男が舌打ちする。

「ちっ！　向こうは抜かれたのかよ。ダセェな」

「たぶん挟撃しに来るぞ」

斧槍《ハルバード》の男は状況を洞察出来ていた。

リーゼ隊は、確かにこちらへ向かっている。

「じゃあ急いで片付けねえとな」

「そうしよう」

「挟撃が分かっているなら退けば良いものを……どいつもこいつも、戦うのが好きなことだな」

俺がそう言うと、剣の男が獰猛《どうもう》な笑顔を見せる。

「あはははははは！　テメエも同じ穴のムジナだろうが！」

言うや否や、斬りかかってくる。

男の言い様を些《いささ》か不本意に感じながら、俺は剣を構え直した。

「今度は逃がしゃしねえ！　くたばりやがれ!!」

がきり、がきんと夜の領都に響く剣戟《けんげき》音。

男はまたもや乱打を見舞ってくる。

剣技のセオリーから外れた斬撃だが、未熟というわけではない。

剣は、俺が対処しづらい角度で振り入れられてくる。

この男は本能的に正しい刃筋を知っているようだった。

そして剣にはしっかりと魔力が込められている。

俺の手にあるのが煤の剣でなかったら、とうに負けていただろう。

その煤の剣を通し、一撃ごとの衝撃が、ごつりと骨身に響いていく。

「重いな……！」

この男は膂力《りょりょく》も一級品だが、剣に体重を乗せるのが上手いのだ。

剣でガードしても、腕にダメージが蓄積してしまう。

体系だった剣技を修めてきた俺にとって、その体系から逸脱したこの男の剣は厄介だった。

定石を無視したフォームのため、技の起こりが分からず、対応が遅れてしまうのだ。

そして重い攻撃に耐えて隙を見つけても、そこを突く前に斧槍《ハルバード》が襲ってくる。

「そこだっ！」

「させん！」

刺突を剣で払い、今度は横薙ぎの斧に捉えられないよう、後ろへ跳んで距離を取る。

だが呼吸を整える間も与えられない。

「休ませるかよオラァ！」

間髪いれず、剣の男が飛びかかってくる。

膂力だけでなく、スタミナもかなりのものだ。

再びがつがつと剣が打ちつけられてきた。

剣の男は、その目を闘争の愉悦に輝かせている。

対して俺の方は、努めて冷静に相手を観察していた。

これだけ受け続ければ活路も見えるというもの。

これがどういう剣で、どう対処すべきか、だいぶ分かってきた。

この男は調子に乗って振り回し過ぎたのだ。

この男の剣は我流なのだろうが、こういう剣に近い剣術体系はある。

崩しや牽制《けんせい》のための攻撃を殆《ほとん》ど行わず、ただ必殺の気合いを込めて剣を叩きつける事をこそ是としたものだ。

よって、その戦い方をする者たちは一振りの攻撃力を限界まで高めている。

この男もその類と言えた。

圧力に満ち満ちた剣をガードさせられれば、骨にまで衝撃が響き渡り、全身が硬直して動きを封じられてしまう。

そのため二撃目もガードせざるを得ず、後手に回ることになるのだ。

これに対処するには、思い切った判断が必要だ。

俺は胎《はら》を決め、ガードしながら機を窺う。

その間も斧槍《ハルバード》の男は、死角の方へ動きつつ、俺が心底イヤだと思うタイミングで攻撃してくる。

だが集中力を途切れさせるわけにはいかない。

斧槍《ハルバード》を煤の剣で迎撃しつつ、そして剣の乱打をガードしつつ、俺はチャンスを待った。

「こいつ！　何てしぶとさだ！」

「いいかげん終わりにしてやらァ!!」

剣の男が上段に振りかぶった。

ここだ。

真っすぐの振り下ろしを待っていたんだ。

俺の脳天へ向け、大気を斬り裂くような迫力と共に剣が襲いくる。

それに対し、俺も同時に上段斬りを放っていた。

「っ!?」

突如防御を捨てて斬りかかってきた俺に、男が驚く。

俺の剣は、男の剣の軌道に割り込み、刀身同士をかち合わせる。

そして男の剣の背を、俺の剣が捕らえた。

――――ばきん！

そのまま振り下ろし、煤の剣で男の剣を石畳に叩きつける。

切り落としと呼ばれる技術で、幾つかの剣術体系では奥義に類されるものだ。

実戦で使ったのは初めてだが、成功してくれた。

「ぐぁっ……!?」

手にかなりの衝撃を受けたはずだが、男は剣を手放さなかった。

だがその刀身は、中ほどから先が失われている。

超重量を誇る煤の剣によって石畳に叩きつけられたのだ。

折れるのも当然だった。

俺はそのまま下段の構えに移行するが、それを見た男は退くでもなく、飛びかかってきた。

「うおおぁぁぁぁぁぁぁーーー!!」

構わず下段から振り上げた俺の剣が、男の頬を斬る。

ざくりと頬を裂かれ、血をまき散らしながら、しかし男は止まらず頭突きを見舞ってきた。

「ぐっ!?」

俺はこめかみに衝撃を受け、後ずさる。

男もたたらを踏んでいた。

そしてふらつきながら叫ぶ。

「クソがぁぁぁぁ‼」

そう叫びたいのはこちらだった。

この男の戦い方は滅茶苦茶《めちゃくちゃ》だ。

だが本物の戦場とはこういうものなのだろう。

いま俺は、訓練からは窺い知れない戦いを経験している。

生き延びて、これを血肉にしなければならない。

「シグムンド！　どけ‼」

「うるせえ！　てめえが邪魔すんな！」

この二人の間に信頼関係は無いようだ。

実際、剣の男が前衛で立ち回り、斧槍《ハルバード》の男が隙を突くという戦法に終始するのみで、あまり優れた連携は見られなかった。

そうじゃなかったらヤバかったかもしれない。

「ちぃっ‼」

位置取りもそこそこに、斧槍《ハルバード》の男は刺突を放ってくる。

俺はその刺突を剣で払いつつ、一気に踏み込んだ。

「うぉっ⁉」

読めていたのだ。

もともと周りを巻き込みやすい斧槍《ハルバード》は、乱戦には不向きな武器と言える。

冷静さを失い、まともな位置取りが出来なくなっている剣の男が邪魔で、斧槍《ハルバード》の男は横薙ぎが使えない。

刺突を選択してくることは分かっていた。

このチャンスをモノにしなければならない。

斧槍《ハルバード》の男に接近した俺は、剣を片手で持って横に構えた。

「!!」

男の目が見開かれる。

そして口角が吊《つ》り上《あ》がった。

俺の決定的な隙を見つけたのだ。

斧槍《ハルバード》には、斧の刃の反対側に鎌の刃が付いている。

男はそれを一度も使ってこなかった。

俺の意識を鎌から遠ざけるためだ。

そして最も有効なタイミングで鎌を使うつもりだったのだ。

だからそのタイミングを作ってやった。

あの鎌は、斧より攻撃力に劣る。

斬りつけるために使うのではない。

相手の武器を絡め取るためのものだ。

鎌の刃が、煤の剣にするりとかかる。

そして男が手首を返し、剣を絡め取る前に、俺はすかさず両手で剣を握った。

読めていれば反応するのは容易《たやす》い。

そのまま煤の剣の重量を活《い》かし、斧槍《ハルバード》を石畳に叩きつける。


――――がきん！


「ぐっ!?」

剣の男と同じ展開だった。

違うのは、この男が斧槍《ハルバード》を手放したことだ。

そして俺は、武器を失った男へ一息に斬りかかる。

「せいっ！」

「うぁっ!!」

ざしゃりと音を立て、剣が斧槍《ハルバード》の男を捉えた。

魔法障壁は張られていたが、それを切り裂いて胸に刃が届く。

「ぐぁ……くそっ!!」

だがこの男も一流だ。

咄嗟に反応していた。

結果、胸への斬撃はやや浅く、致命的なものになっていない。

「おいウルリク!!」

剣の男が叫ぶ。

これで彼らの名が分かった。

斧槍《ハルバード》の男がウルリク、剣の男がシグムンドだ。

「ぐ……貴様……!」

胸を押さえながら、ウルリクが俺を睨みつけた。

押さえた指の間から血が零《こぼ》れ落《お》ちていく。

俺は剣を握り直し、とどめを刺そうとした。

その時、地を揺らし、どかどかと打ち鳴らされる蹄《ひづめ》の音が俺の耳に響いた。

「……!!」

俺が斬りかかるより一瞬早く、数頭の馬が走り込んできたのだ。

そして俺たちの間に割って入る。

「ウルリクさん！　シグムンドさん！　第一門を抜いた魔族どもがこっちに来る！　ここはもう無理だ！　挟撃されるぞ！」

傭兵仲間のようだ。

どうやらリーゼたちはすぐ近くまで来ているらしい。

報告を聞いて、ウルリクとシグムンドは悔しそうに俺を見据えた。

「……痛み分けにしておいてやる」

そう言ってウルリクは馬の背に乗った。

シグムンドも、俺を睨みつけてから別の馬に乗る。

傭兵たちの動きには淀《よど》みが無く、数秒で二人を回収し、俺から離れてしまった。

そして馬群は急ぎ走り去る。

「…………」

痛み分け。

ウルリクはそう言った。

あのまま続けていれば俺が勝っただろう。

だが、ああいう者たちは、命の有無にこそ勝負を見出《みいだ》すのだ。

双方に命ある限りそれは引き分けで、どちらかが命を失《な》くすまで戦いは終わらない。彼の眼はそう語っていた。

「ロルフさん！　無事ですか⁉」

「ああ、大丈夫だ」

周囲で戦っていた魔族兵の一人が声をかけてきた。

俺たちの視線の先で、領軍も撤退していく。

この北側第四門の戦いでも、魔族軍が勝利を収めたのだ。

「すみません、加勢出来ず……」

「皆に役割があって、皆がそれを全うしているんだ。謝罪すべきことなど何も無い」

そう言葉をかけながら、今の戦いを思い返す。

あの二人の強さは、領軍兵とは比べ物にならなかった。

それも頷ける。

傭兵たちの乗る馬、その鞍《くら》に、二本の槍を模したマークが刻まれていたのだ。

あれはザハルト大隊のマークだ。

戦いを生業にする者であれば、まず誰もが知っている傭兵団である。

仲間が慌てて迎えに来た点を見るに、あの二人はおそらく幹部クラスだろう。

そしてザハルト大隊のリーダー、エストバリ姉弟は、王国中に知られる槍の名手だ。連携にも優れていると聞く。

さっきの二人より手強《てごわ》いに違いない。

「やはり一筋縄ではいかないな」

そう言いながら、夜空を見上げる。

東の空に、白く輝く下弦の月が昇り始めていた。

俺は、何とは無しにそれを見つめるのだった。

◆

ヘンセンの町。

夜空の下、一人の少女が、焼け落ちた町並みを見上げていた。

少女は先ごろまで別の集落に隠れていたのだが、ヘンセンから来た兵士たちに救助され、この地に来たのだ。

だがその兵士たちが集落に来ている間にヘンセンが攻撃を受けたらしく、彼らは大いに焦っていた。

しかしヘンセンに来てみれば、戦いは既に終わっていたのだ。

町の一部は焼け崩れていたが、被害は最小限に抑えられたらしい。

連れ去られた者も居なかったようだ。

少女は胸をなでおろした。

少女の故郷では、酸鼻を極める出来事があったのだ。

絶対に、もう繰り返されて欲しくなかった。

それから、少女は人を探した。

この地に来ているはずなのだ。

だが、どこにも居ない。

尋ね人は、この地に住む人たちとは違い、人間なのだ。

目立つはずだが、どんなに探し回っても見つからなかった。

自分たちを救助してくれた兵士らに聞いてみたが、心当たりは無いようだった。

実はこの町で起きた戦いには、その人間が深く関わっているのだが、末端の兵士である彼らには、それを知る由も無い。
その尋ね人は何という名前なのかと兵士たちは聞いたが、少女は答えられなかった。
知らない。
少女にとって忘れ得ぬ人なのに、その名を知らないのだ。
その事実に心が沈む。
再び焼け落ちた町並みを見上げた。
人々に被害が少なかったのは幸いだが、激しい戦いがあったことは間違いない。
そんな激しい戦いの中、あの人は無事でいられただろうか。
ましてあの人にとって敵の本拠地であるこの町で。
少女の脳裏に、最悪の想像が浮かぶ。
思うだけで、胸を掻《か》き毟《むし》りたくなる悪夢。
考えたくもない結末。
生きていると信じたい。
きっとどこかに居ると思いたい。
だが少女は悲劇に見舞われ続け、信じることに疲れていた。
信じることに怯《おび》えていた。
あの人は違った。
いつだって信じた。

諦めなかった。
偽らなかった。
後悔しなかった。
あの人は見せてくれた。
あの人は教えてくれた。
信じることの大切さを。
だから本当は信じたいのだ。
信じる心を持ちたいのだ。
でも、どうしても、胸の奥から嫌な想像が湧き出し、それが少女を苛《さいな》む。
この心がもっと強かったら良いのに。
そう思いながら、夜空を見上げた。
少女は知らない。
この地で悲劇が繰り返されなかったのは、男が約束を守ったからだということを。
そしてその約束は、まだ続いているということを。
少女は知らない。
男が今なお戦っているということを。
未来のために、約束のために、今なお立ち向かっているということを。
見上げる東の夜空に、白く輝く下弦の月が昇り始めていた。

あの人と同じ月を見ることが出来たら、どれほど嬉しいだろう。
少女はそんなことを思うのだった。

IV

辺境伯の屋敷、一階　大ホール。
ストレーム辺境伯は落ち着きなく歩き回っていた。
執務室で待っていられず、一階まで下りてきたのだ。
周りには誰も居ない。
呼び出した者たちもなかなか来ない。
長い夜が明けたが、朝の清浄な空気など、どこにも感じられなかった。
辺境伯の顔には、ありありと焦燥の色が浮かんでいる。
魔族軍に領都への侵入を許したのだ。
北側、二か所の門へ攻撃を受け、二か所とも突破されてしまった。
東側の二か所は持ちこたえたが、こうなっては関係ない。
東に居た敵部隊も、制圧された北側から侵入してくるだろう。
敵が完全にこちらを上回る兵力を持ち、この領都へ押し入っているのだ。
ストレーム領始まって以来の悪夢。

先祖から受け継いだこの領地が、自身の代で終わる危機にあった。

自らの死。

ストレーム家の終焉《しゅうえん》。

少し前まで考えもしなかった酷薄極まる現実が、近づきつつある。

苛立ちに踵《かかと》を鳴らす辺境伯。

そこへエストバリ姉弟がやってきた。

傍らにはシグムンドも居る。

「辺境伯様。お呼びと伺いましたが」

「遅いぞ。もう一人はどうした？」

辺境伯がヴィオラに問い返す。

ザハルト大隊の幹部全員に来るよう伝えたはずだが、昨日居た男が見当たらないのだ。

「ウルリクは戦傷を受けて治療中です。本人はすぐに戦線に戻ると言っていますので」

「そっちの男も傷を負ったようだな」

「ちっ……」

シグムンドが舌打ちする。

その頬には当て布が施されていた。

回復魔法で傷を残さず治すことも出来たが、本人が拒否したのだ。

「……礼を弁《わきま》えぬお前らを許したのは、この有事において戦力になるからだ。失望はさせぬとお前らは言った。憶《おぼ》えているか？」

「憶えています、辺境伯様」

台詞と裏腹に、辺境伯の声には覇気が無い。いよいよ精神的にも追い込まれているようだ。

それに気づきながら、ヴィオラは目を伏せて返答した。

先刻、彼女は敵の主力に対し、ウルリクとシグムンドを差し向けたのだ。それは万全を期した采配のつもりだった。

にもかかわらず、敗れた。

この結果はヴィオラにとって、まったくの予想外であった。

「ロルフ・バックマンの実力がこちらの想定を超えていました」

「奴が剣を手に戦っていたというのは事実なのか？　とても信じられん」

「本人がロルフと名乗っており、身体的特徴も一致します」

「むぅ……」

辺境伯は、どうしてもその報告を信じたくなかった。

女神に棄てられた加護なしが、加護ある者と戦い、勝つ。

あり得ないし、あってはならないのだ。

それから辺境伯は、怖気のする未来を想像した。

加護なしの刃が辺境伯を斬り裂く未来だ。

背信の徒が、女神と共にある自分を殺す。

世界の理《ことわり》を無視した悪夢と言うほか無い。

「……とにかくだ。領都内に敵の侵入を許した。もはや一刻の猶予も無い」

「辺境伯様。東側を攻めていた敵も北から入り、領都内で合流しています。敵は軍を糾合して再編制に及んでから進軍してくるでしょう」

ヴィオラが見る限り、敵は万事に如才ない。

分散していた兵力を確実に糾合してから攻めてくるだろう。

「そんなことは分かっている。こちらも再編制を急がせているところだ」

バラステア砦攻略戦では、領軍が罠《わな》に嵌《はま》りそうになっているという報告に踊らされ、碌《ろく》に準備もせず出兵して返り討ちにあったのだ。

同じ轍《てつ》は踏めない。

糾合前の敵を叩くために寡兵で出るより、部隊を組み直して防衛態勢を整える方が重要だと辺境伯は考えたのだった。

ヴィオラは、辺境伯が思いのほか判断力を残していることに安堵《あんど》した。

すぐにでも彼は再攻撃を命じるのではないかと思っていたのだ。

一応、辺境で魔族と戦い続けてきただけのことはある。

「遊撃にあたらせている団の者は全員、集合させています」

「当然だ。ヴィオラ団長、団員を何人か私の供に付けてもらいたい」

「……領都を出ますか？」

ヴィオラは聡《さと》い人間である。

〝脱出〟や、まして〝逃げる〟という言葉は使わなかった。

「ああ。私が斃《たお》れれば捲土重来《けんどちょうらい》を期すことも出来ん。タリアン領へ行く」

タリアン領は、このストレーム領の隣だ。

辺境伯は、そこへ落ち延びるつもりだった。

「ザハルト大隊は、タリアン領での活動が長いと聞いている」

「ええ、土地勘のある者も大勢います。護衛は我が団員が適任かと」

「よし、頼むぞ」

辺境伯がそう言って頷くと同時に、テオドルがヴィオラに視線を送った。

領都に残る者たちの行動について確認して欲しいのだ。

ヴィオラは、分かっていると目で合図し、辺境伯に問いかける。

「辺境伯様。それでこのあと、どうすれば？」

「領軍には、私が領都を出るまで時間稼ぎをしてもらう。ヴィオラ団長、その指揮を執ってくれ」

辺境伯は平静を装っているが、その声音には悔しさが滲んでいた。

領軍を傭兵の下に付けることは、彼の矜持を大きく傷つけているのだ。

だが先の戦闘で、領軍は部隊長クラスをも多く失っている。

そして大きな傭兵団を率いるヴィオラは、戦闘指揮の経験も豊富だ。

もはやヴィオラの指揮下に入るのが最良と言える状況であった。

「指揮、ですか」

ヴィオラの表情に迷いが浮かぶ。

辺境伯に護衛を付けることに否やは無い。彼が死ねば報酬を取りはぐれるからだ。

だが、この地に踏み留まって戦うには、もはやリスクばかりが目立ち過ぎる。

「落ち延びさえ出来れば、中央の協力も得て報酬は上乗せしよう。それに防衛プランもある」

「……そのプランを伺えますか？」

「良いか。領都を制圧するために奴らが押さえたい拠点は三つ。このストレーム邸と領軍本部、そして捕虜収容所だ」

執政機能と警察機能を司《つかさど》る最初の二つは当然として、捕虜収容所も魔族軍の攻撃対象と目された。

魔族領と境を接するこの地には、数多くの戦争奴隷が居る。

捕虜の収容施設もあり、そこに魔族たちを捕らえているのだ。

当然、魔族軍としては虜囚を解放したいだろう。

「このうち、我々の最終的な防衛拠点は、捕虜収容所とする。そこを固め、奴らを迎え撃つのだ」

辺境伯の考えは、妥当と言えるものだった。

領軍本部は、詰所や訓練場から成るだけの施設だ。防衛には向かない。

ストレーム邸は言うに及ばず。

壁や監視塔を持つ収容所が、最も防衛戦を展開しやすいだろう。

テオドルはヴィオラの横で、真剣な表情を浮かべて考え込んでいる。

シグムンドはつまらなそうにそっぽを向いていた。

「この屋敷と領軍本部は放棄し、収容所に戦力を集めて迎え撃つ、と。テオドル、どう思う？」

「理に適ってるけど、やっぱり兵力差が……」

「待て。他にも策がある。聞くが良い」

割り込むように辺境伯が言う。

彼としては、ザハルト大隊には踏み留まってもらわなければならない。

ヴィオラの指揮のもと、領軍とザハルト大隊で時間を稼いでもらいたいのだ。

自身が逃げるためには、それがどうしても必要だった。

辺境伯はヴィオラの同意を取りつけるために必死なのだ。

彼の姿は、昨日とは明らかに違っていた。

多くの者は、普段は弱い自分に気づかないでいられる。

問題は、苦しい状況に追い込まれ、自分が思ったほど強くなかったことに気づいた時、どう振る舞えるかだ。

それを思い、ヴィオラは溜息を吐く。

辺境伯を見る目に憐《あわれ》みが混じった。

辺境伯は、その憐憫に気づくことなく話を続ける。

「使いを出す。投降せねば捕虜どもを皆殺しにすると伝えるのだ」

「人質ですか」

辺境伯の言葉は、ヴィオラを得心させるものではあった。

確かに、この状況においては有効な策に思える。

すでに戦略的優劣が明らかな状況で投降を引き出せるとは思えないが、それでも状況の好転は狙える。

たとえば、一部の捕虜の解放などを条件に、門の外へ退《ひ》かせることは可能かもしれない。

「そうだ。ちょうど来たようだな」

辺境伯が言うと同時に、領軍兵が一人、ホールに入ってきた。

魔族を連行している。六歳か七歳か、そのぐらいの幼い少年であった。

「この魔族は？」

「メッセージだ」

「ああ……なるほど」

ヴィオラは、辺境伯の意図を理解した。

こちらが本気であると敵に伝えなければならない。

そのために、この魔族を使うのだ。

「死体を奴らに突きつける。メッセンジャーもザハルト大隊の者に頼めるか？」

「それぐらいなら構いませんが」

会話を聞いていた魔族の少年が、涙を零しながら俯く。

彼は、偶々見繕われただけの奴隷で、何か不始末を働いたわけでもない。

だが突如、死という役割を与えられたのだ。

運命を悟った少年の涙が、静かに床を打った。


「……なに言ってんだ？」


声をあげたのはシグムンドだった。

数秒の沈黙のあと、テオドルが答える。

「つまり、魔族たちの命を交換条件として敵に勧告するんだよ。投降するかは分からないけど、この場合、判断を強いることが重要で――」

「そんなことは分かってんだよ。そうじゃなくて、なんでガキを殺すとか言ってんだ？　意味分かんねーだろそんなの。ガキだぞ？」

「………？」

シグムンド以外の全員が、胸中に疑問符を浮かべる。

彼が何故こんなことを言い出すのか、理解出来ないのだ。

全員の考えを代表するかのように、ヴィオラが問いかけた。

「シグムンド。なにを言ってるの？　子供だけど魔族よ？」

「おい、お前がなに言ってんだよ。俺たちは戦ってんだぞ？　そいつは戦ってねーだろうが」

魔族の少年を指さしながら、シグムンドが言う。

姉弟が困惑し、眉根を寄せるなか、辺境伯が面倒くさそうに命じた。

「時間が無ぃ。やれ」

「はっ！」

領軍兵が剣を抜き、少年の胸に突き立てた。

「あぐっ……」

少年はか細く声をあげ、こぷりと血を吐き出す。

エストバリ姉弟は目を閉じた。

少年に対してというよりは、処刑という行為に対する、ある種の目礼だった。

だから強者の二人も、次の瞬間の出来事に反応出来なかったのだ。

「てめぇ!!　何してやがんだぁーーー!!」

「ぐわっ!?」

シグムンドが前に出て、領軍兵を斬り伏せたのだ。

「貴様、何を!?」

「何で！　ガキを何で、てめえら!!　こいつはガキだぞ!?」

シグムンドが激昂《げきこう》する。

髪を振り乱し、犬歯を剥き出しにしている。

それから彼は、崩れ落ちた魔族の少年を抱きとめた。

少年の血が、シグムンドの両手を真っ赤に染める。

「う……うおおおおぉぉぉぉぉぉぉぉ!!　何でこんな！　こんな！　畜生フザけやがって!!」

慟哭《どうこく》と共に嚇怒《かくど》の絶叫が響き渡る。

その言葉は要領を得ず、只々《ただただ》空気を大きく震わせた。

「シ、シグムンド!?　落ち着きなさい！」

「ええい、馬鹿が!!」

シグムンドに引きずられるように、辺境伯もまた怒りを燃え上がらせる。

魔族であっても民間人を殺してはならない等とわけの分からぬことを言うロルフ・バックマン。

彼に相対《あいたい》した時と同じ苛立ちが湧き立ってきたのだ。

この予断を許さない状況にあって、なおもこのような愚か者が邪魔をする。

ただでさえザハルト大隊に譲歩し、指揮権の委譲すら決めたすえにこれだ。

屈辱に耐え続けた辺境伯の忍耐は、ついに限界へ達した。

そして怒りに任せて剣を抜いてしまう。

帯剣していたのは、最高司令官として戦場にある際の責任感ゆえであったが、それが彼にとっての不幸だった。

彼がシグムンドを剣でどうにか出来るはずが無い。

そして猛《たけ》り狂《くる》うシグムンドが、斬りかかってくる者に容赦することは無かった。

「らあぁぁぁぁぁーーー!!」

――――どしゅっ

「がっ……!?」


辺境伯の剣先は、季節外れの蜻蛉《とんぼ》のように、ゆらりと宙をうろついただけだった。

対してシグムンドの剣は一直線に辺境伯の胸を縦断する。

あまりの事態に半ば自失していた姉弟は、割って入ることが出来なかった。

ざくりと割れた辺境伯の胸から鮮血が噴き出す。

辺境伯には状況が理解出来なかった。

剣を取り落とし、大きく裂かれた自分の胸を見る。

それでやっと、斬られたことを知った。

だが、大ロンドシウスの辺境伯たる自分が何故斬られたのかが分からない。

理屈に合わないと思った。

女神ヨナの名のもとに、この辺境の地で魔族と戦い続けた自分が何故。

何故このようなことに。

必死に答えを求めるその意識は、命と共に霧散した。

そしてエストバリ姉弟が目を見開く前で、その体が冷たい床に転がる。

少なくとも辺境伯は、自身が最も恐れた、忌むべき加護なしの刃に斃れるという結末は回避出来たのだった。

◆

辺境伯の遺体が片付けられたホールには、ヴィオラと静寂が残るのみだった。

あのあと。

シグムンドは動かない少年を掻き抱き、走り去ってしまった。

そして、あまりのことに動けなかった姉弟は、ごく短時間の自失から回復すると、これからのことについて考えを巡らせ、即座に行動を開始したのだった。

今はテオドルが外に出ている。

「おい、ヴィオラ」

ホールに入ってきたのはウルリクだった。

表情に怒りが満ちている。

先刻の撤退に屈辱を感じていることが、ヴィオラの目にありありと分かった。

「ウルリク。治療は済んだの？」

「ああ。すぐにでも出られる」

ザハルト大隊の優秀な回復術士により、ウルリクの傷は塞がっている。

それでも完治に至っているわけではないが、彼は戦いに出るつもりだった。

「ロルフ・バックマン……！　野郎は必ずぶっ殺してやる！」

「落ち着きなさいウルリク。次も彼と戦うことになるとは限らないわ。貴方は貴方の仕事をしなさい」

ヴィオラとしては、もうロルフにウルリクをぶつけるつもりは無い。

二対一でも勝てなかった相手に、戦傷を負った状態でなお挑ませるわけが無いのだ。

「いや！　俺は野郎を殺す！」

「ウルリク。聞き分けて」

「ヴィオラが何と言おうと、俺は――」

「ウルリク」

ヴィオラの声が温度を失う。

ホールに満ちる朝の冷たい空気が更に冷え、ウルリクの肌を刺した。

「…………っ」

口を閉じるウルリク。

唾をのむ音が、静かなホールに響いた。

「……まあ良い。なら一人でも多くの魔族どもを殺すだけだ」

「期待してるわ」

「ところで、テオドルとシグムンドはどうした？」

姿が見えない仲間の所在を、ウルリクが問《と》い質《ただ》す。

ヴィオラは表情を変えぬまま答えた。

「テオドルは外に出てる。シグムンドは団を去ったわ」

「ああ!?」

「…………」

ヴィオラはこれ以上語らない。

この話は終わりだとばかりに、ウルリクから視線を切る。

「ちっ……まぁどうでも良いさ。俺は殺しまくるだけだ」

「ええ、お願いね」

ウルリクは追及するのを止めた。

元より彼は、シグムンドを信頼していなかった。

さして長い付き合いではないが、彼には何か他とは違う、自分たちとは根本的に異なるものが見え隠れしていたのだ。

「次は捕虜収容所で防衛戦よ。外でテオドルの指示を仰いで」

「ああ」

簡潔に答え、ウルリクは歩き去る。

その背を見つめるヴィオラ。

駒としては未だ優秀なウルリクに、一定の期待を向けるのだった。

◆

「姉さん、指示を出し終わったよ。ウルリクも収容所に向かった」

「そう……ご苦労さま」

外に出ていたテオドルが、戻ってきて告げた。

領軍幹部らに、収容所を固めるよう指示してきたのだった。

戦闘に関する詳しい指示は現地で出すことになる。

これから姉弟も収容所へ向かい、領軍を指揮するのだ。

「指揮権の委譲がちゃんと伝わってたのは幸いだったね」

「そうね」

領軍の指揮権をヴィオラに委譲するという辺境伯の判断は、すでに領軍幹部へ伝わっていた。

おかげで、ヴィオラの意を汲《く》んだテオドルの指示に、彼らは問題なく従ったのだ。

姉弟は、辺境伯の死を伏せたまま領軍を動かしていた。

このタイミングで辺境伯の死を公表すれば、その時点で敗戦が決定するというのが理由の一つだ。

だがあくまで雇われの身である姉弟にとって、それは受容出来ることだった。

辺境伯が考えたように、陥落する領都に背を向け立ち去っても良い。

それはヴィオラたちにとって、特に憚られることではなかった。

しかし問題は、辺境伯を殺したのがザハルト大隊の者であるという点だ。

それが露見すれば、姉弟も責任を追及されることになる。

死を賜るようなことにはならないだろうが、傭兵団の維持は難しくなるに違いない。

だから戦いを続行し、辺境伯が戦死したように見せかけたいところだった。

更に、戦いを終わらせられない理由はもう一つある。

姉弟の野心だ。

「姉さん、本当に僕たちで封土を得るなんてことが出来るのかな」

「その可能性があるってだけよ。でも、やってみる価値はあるわ」

ヴィオラの言葉には、強い意志が感じられた。

彼女はここまでの道程を想起しながら、決意を新たにしている。

ヴィオラとテオドルは、領地を持たない泡沫《ほうまつ》男爵家の四女と五男だった。

そういった貴族家の長は、多くの場合、家の維持に必死にならざるを得ない。

父であるエストバリ男爵も同様で、彼の目に映っている子供は、家督を与える長兄らであった。

ヴィオラとテオドルは政略結婚の駒にもされなかった。

上に七人もいる兄と姉たちは皆、能力にも器量にも優れており、父のプランはその七人までで満たせていたのだ。

だからヴィオラとテオドルに親から与えられたのは、衣食住のみだった。

それ以外は、愛も期待も二人には与えられなかったのだ。

疎まれたわけではないが、ただ二人には、役割が無かった。

屋敷で開かれるパーティーに、二人が呼ばれることも無かった。

他の貴族家との繋がりを得るための場に、二人は不要だったのだ。

だから二人は厨房《ちゅうぼう》でパーティーの真似事《まねごと》をした。

兄らがグラスを片手に貴族家の子女と歓談している時、幼い二人はチーズとナッツを載せた皿を厨房のテーブルに置き、今日あったことを語り合った。

そんなものでも楽しかった。

ナッツを頬張り、笑顔を向き合わせる二人だった。

兄らには剣の師範が付き、日々稽古に励んでいた。

二人の目にはそれが楽しそうに映り、どうしてもやりたかった。

それで、木の枝を拾って、見よう見まねで振ってみた。

それは思ったとおり楽しく、二人は日が暮れるまで木の枝を突き合わせた。

息せき切って木の枝を振る二人は、ずっと笑顔だった。

やがて屋敷の衛兵に稽古を見てもらうことを思いつき、時間のある時に色々教えてもらった。

衛兵が使うのは剣ではなく槍だったが、槍もまた楽しかった。

二人は、互いが居れば日々を笑顔で過ごすことが出来た。

だがそれでも、親に愛を求めるのが子である。

だから父が二人に向けた、感情の込められていない目を思い出すたび、心が冷えるのを感じずにはいられなかった。

疎まれたわけでなくとも、二人の境遇はやはり悲劇だったのだ。

だが、二人に対する家での扱いが変わることは無かった。

結局二人は、テオドルが十五歳になって神疏《しんそ》の秘奥を受けたのち、家を出るのだった。

傭兵団に所属することにしたのだ。

騎士団を選ばなかったのは、貴族家、ひいては父から離れ、二人だけで生きていく決意の表れだった。

父は当然、反対しなかった。

興味も無く、好きにせよということだった。

それから今日まで、二人は戦いの世界で生きてきた。

槍に非凡な才能を持ち、魔力にも優れていた二人は、やがて頭角を現した。

そして高名な傭兵団を率いるまでになったのだ。

王国全土で知られるようになった二人のことは、父の耳にも入っているだろう。

だが家を出た日から今日まで、父から接触は無かった。

それは少しだけ二人を、とりわけヴィオラを苛立たせた。

見返したいという思いは、あったとしても、さして強かったわけではない。

だが、ここに至っても目を向けてこないとは。

本当に父は貴族家の維持にしか興味が無いのだなと、改めて思うのだった。

では、もし二人が封土を与えられて別の貴族家を興すようなことになったら、あの父はどういう反応をするだろうか。

その時こそ、姉弟を存在するものとして認識するだろうか。

二人は何度か、冗談でそんな話をしたことがある。

あり得るはずも無い、現実離れした夢想だった。

だが、どのような天の配剤かは知らないが、いま目の前に、その夢想への道筋が現れたのだ。

辺境伯には子が無い。

昨年妻を亡くしたが、未だ後妻を迎えておらず、兄弟も居ない。

本人が自負したように、魔族との戦いをこそ優先する日々だったのだ。

「領主が死に、その領主の血縁も居ない。この領地は、いま空席なのよ」

ヴィオラが常に無く低い声で言う。

込められた決意のほどが分かる声音だった。

「でも、言ってしまえば居合わせただけの僕らがその席に収まるなんてこと、あるのかな？　中央が別の貴族をあてたり、直轄領にしたりするんじゃないの？」

テオドルが呈する疑問は、ごく当然のものだった。

ヴィオラが低い声音のまま答える。

「知ってる？　あのエミリー・ヴァレニウスは、主を失った子爵領を封土として与えられたのよ。その地に嫁ぐはずだったという理由はあるものの、実際は子爵に会ったことも無かった」

「そ、そうなんだ」

エミリー・ヴァレニウスと言えば、雷光にも例えられる強力な魔法剣の使い手で、エステル・ティセリウスに次ぐとまで言われる王国の英雄だ。

騎士団長でありながら男爵家の当主であるという点でも有名だが、そういう経緯があったことをテオドルは知らなかった。

「テオドル。王国の軍国主義は強まるばかりよ。エミリー・ヴァレニウスが男爵家を興した背景には、中央が英雄を欲しているという事情があったの」

ヴィオラは、ゆっくりと噛んで含めるように話す。

自らの決意を押し固めているようでもあった。

「そしてその点で言えば、私たちも申し分ないはず。王国中で謳われるザハルト大隊のエストバリ姉弟なのよ」

「まあ……ね」

「更に言えば、エミリー・ヴァレニウスも領土の無い泡沫男爵家の者だったの」

「僕たちと同じか。……うん。分かったよ姉さん。確かにやってみるべきだ」

テオドルは、姉の考えを理解し、そして同調した。

剣と野心で高みを目指すのが乱世の常。

今、千載一遇の機会が訪れたのなら、摑《つか》みに行くべきだと思ったのだ。

「だから降伏勧告を止めたんだね？」

弟の問いに首肯を返すヴィオラ。

主を失い、失地となる危機にあった辺境の領土。

領主の遺志を継いで軍を指揮し、その地を救ったのは貴族家の末子たちだった。

それは英雄譚《たん》と言って良いだろう。

姉弟には、すでに十分なネームバリューもある。

だがこの計画の大前提は、戦って勝つ必要があるということだ。

人質による降伏勧告から着地点を探すシナリオでは、中央に対する訴求力を失う。

「この屋敷を放棄して収容所を固めていることは、すぐに敵の知るところになるわ。そこで迎え撃つ」

ヴィオラは、収容所を最後の防衛拠点にするという辺境伯の策を採用した。

収容所は堅牢《けんろう》で、防衛戦に向いている。

捕虜の存在について敵が深読みし、足並みが鈍ってでもくれれば儲《もう》けものだ。

「ロルフ・バックマンはきっと前に出てくる。私たちで迎え撃つのよ」

そして大逆犯の首級《しるし》を挙げる。

ヴィオラはその決意を込めてテオドルを見つめた。

その意志を余すところ無く理解し、テオドルは強く頷く。

姉弟は互いの決意を確かめ合うのだった。

と、そこへ別の声がかけられる。

「ロルフ・バックマン……？」

部屋の入口に、フェリシアが立っていた。

ヴィオラは思わず舌打ちしそうになる。

彼女はまだこの屋敷に居たのだ。

辺境伯は、彼女を面倒な不確定要素と捉えたが、その点においてはヴィオラも同じ思いだった。

常に弟と共にあるヴィオラにしてみれば、その肉親が敵に回った時にいかなる思いを抱くか、想像するに余りある。

それだけに、フェリシアが激発する可能性について警戒せざるを得ないのだ。

「今、兄の名を」

「は、はい。どうやら、敵軍にはやはり彼が居るようです」

テオドルがそう応える間、ヴィオラは思考を急がせる。

どうするべきか。

フェリシアには、兄のもとに馳《は》せ参《さん》じる可能性すらあるような気がする。

やはり戦場から遠ざけたい。

「あの、兄が居るなら私に話をさせてください。兄は私の話なら聞くはずです」

対話による和解はエストバリ姉弟の望むところではない。

二人はロルフを倒さなければならないのだ。

「一昨日、辺境伯様が仰ったとおりです。対話はありません」

「辺境伯様は、どちらにおいでですか？」

「落ち延びました。戦いの指揮権は私に委譲されています」

「で、では次の戦いに私も出してください！　私は戦場で必ず兄を見つけ、そして投降するよう説得します！」

厄介だ。

ヴィオラは内心、歯噛《はが》みした。

対話は無いと言っているのに、なおフェリシアは食い下がる。

妄執に囚われ、事の道理が分からなくなっているように見える。

「フェリシアさん、貴方の兄君は、人類国家への裏切りという、我々にはおよそ理解出来ない選択に至ったのです。そして実力も高く、今や領軍をここまで追い詰めている。素直に降《くだ》るとは思えません」

「………………」

「フェリシアさん？」

「……………降らない時は、私が無力化して引っ立てます」

声音を低くして言うフェリシア。

彼女の中の昏《くら》い何かが深まったように見えた。

今のやりとりの中に、彼女を刺激するものが含まれていたようだが、それが何なのかヴィオラには分からない。

やはり、このフェリシアという者は危うい。ヴィオラはそう再認識するのだった。

「聞き入れてくださいフェリシアさん。貴方に戦場を乱されたくないのです」

「戦いの邪魔はしません。私は兄に会いたいだけです」

まったく聞き分けようとしないフェリシア。

ヴィオラの声に苛立ちが混ざる。

「……あくまで我を通されるようでしたら、拘束することになりますが」

「何の権限のもとにですか？　貴方は戦いの指揮権を委譲されただけであって、辺境伯様の名代ではありません。この地における私の行動の自由を制限する権利など無いはずですが」

「…………………」

静寂が満ちる。

テオドルは、額に汗を浮かべていた。

ヴィオラは元より、フェリシアも騎士団で総隊長を務めるような強者。

ここで衝突すれば防衛戦どころではない。

同様に、ヴィオラも焦燥の渦中にあった。

二十歳《はたち》にも満たぬ小娘に、こうも手こずるとは。

深く息を吐き、どうにか冷静さを保ちながら、尋ねるべきを尋ねた。

「……フェリシアさん。貴方まで王国を裏切って彼の側に付くということはありませんよね？」

「私が愚兄に阿《おもね》ると？　間違っているのは兄です。私の役目は彼を正すこと。共に間違うことではありません」

「…………」

ヴィオラは心を落ち着かせながら、考えを巡らせた。

強く関わろうとしてくる彼女を無理に遠ざけるのは危険だ。彼女は自ら戦場に乱入しかねない。

であれば、戦場への同行は許し、ロルフと会敵しないよう後方に居させるのが最適解に思える。

「……分かりました。次の戦いは捕虜収容所での防衛戦です。それへの参加を認めます。ですが決して、許可なく前線には出ないでください」

「承知いたしました。ご高配に感謝します」

そう言って踵《きびす》を返《かえ》し、出口へ向かうフェリシア。

姉弟は黙って彼女を見送った。

フェリシアは退室の直前、立ち止まって横顔を向け、告げる。

「心配せずとも後方で大人しくしています。私に監視など付けませんよう」

「……心得ています」

ヴィオラにしてみれば、監視どころかいっそ排除したいぐらいだった。

しかし彼女は男爵家の次期当主であり、ヴァレニウス卿《きょう》とも繋がりが深いらしい。

ロルフの大逆によって男爵家の立場も変わるかもしれないが、現時点で事を構えるべき相手ではない。

国盗《と》りの件だけでも綱渡りなのに、これ以上、火種を抱えるわけにはいかないのだ。

もはやフェリシアに関しては生かさず殺さず、戦場の隅に置いておくよりほか無かった。

◆

フェリシアが去ったあと。

疲れに溜息を吐くヴィオラに、テオドルが声をかける。

「まあ、こうするしか無かったたね」

「ええ。仕方ないわ」

「姉さんが言ったとおり、たぶんロルフ・バックマンは投降しないだろうしね」

テオドルの言葉に、ヴィオラは頷いた。

フェリシアについてはああするしか無かったが、ひとまずリスクは潰せている。

姉弟は、そう考えているのだった。

ロルフ討伐の大功が欲しい二人としては、彼に投降されては困る。

だが、仮にフェリシアが兄ロルフと会ってしまったとしても、彼女の説得は成功しないだろう。

姉弟は、ロルフが投降する可能性は低いと見ているのだ。

また、そうなった際、フェリシアは兄を制圧すると言ったが、この際それならそれで構わない。

ヴィオラの指揮下にある戦力がロルフを倒したという事実にはなるからだ。

「フェリシアさんが兄のもとに走ってしまう可能性が少しだけ怖いけどね」

「その時は反徒として倒すだけよ。こちらに正当性があるのだから問題ないわ」

もっとも、ヴィオラはその可能性も低いと考えている。

間違っているのは兄である。そう断じる彼女の言葉に、嘘は無いように見えたのだ。

彼女まで王国を裏切るようなことは、おそらく無い。

「彼女がロルフ・バックマンと会わなければ最良。会ったとして、彼は説得には応じない。応じない彼を、彼女が制圧したとして、それはそれで問題なし。もし彼女が兄の側に付くなら、兄妹もろとも倒すのみ。いずれのケースにも対処可能よ」

「姉さん、もう一つ。兄が妹に勝つケースが抜けてるよ」

確かにそうだ。

戦う力など無いと目されていたロルフは、ウルリクとシグムンドを一人で相手取り、撤退に追い込んだのだ。

騎士団の総隊長であるフェリシアとて、勝てないのではないか。

そしてその時、ロルフ・バックマンを倒すのは自分たち姉弟だ。

「それがいちばん好ましいケースね」

口角を吊り上げるヴィオラ。

三日月を描く紅《あか》い唇は、喰《く》らうべき獲物を求めているようでもあった。

領都アーベルの戦いは、人々の様々な思惑をはらみながら、最終局面へと向かっていくのだった。

◆

領都　北側広場。

俺たちは、東側の門を攻めていた部隊と合流した。

今は軍をまとめ、再編制を行っている。

「業腹だが……やはり辺境伯は逃げるだろうな」

領都の地図に目を落としながら、フォルカーが言う。

彼は合流の途上で蔵書院を押さえ、地図を確保していたのだ。

まわりには部隊長たちも居る。

「痛いけど仕方ないね」

リーゼの言うとおり、辺境伯に逃げられるのは痛い。

ストレーム辺境伯家は、中央から承認されて何代もこの地を治めている。

俺たちが領都を占領しても、別の地に辺境伯が居る限り、彼は領主としての正当性を主張し、この地を奪還する勢力の旗印になるだろう。

だが、これもリーゼの言うとおりだが、仕方ない。

領都アーベルは大き過ぎる。

兵力で領軍に勝る俺たちだが、領都を包囲出来るような規模ではない。

逃亡を阻止出来ないのだ。

辺境伯の逃走ルートにあたりをつけて網を張ることも出来なくは無いが、そのためにはかなりの兵を割かなくてはならない。

それは下策だろう。領都の占領の方が重要なのだ。

だから去る辺境伯は追わず、領都を確実に落とすのが俺たちの既定路線だ。

主の去った街で重要拠点を押さえ、領軍を無力化する。

それで占領は完了だ。

「ロルフ。領軍が本部に立てこもる可能性は低いんだよね？」

「ああ。領軍本部は軍事施設ではあるが、防衛戦には向かない。詰所なんかがあるだけだからな」

ふむ、とフォルカーが一つ息を吐き、地図を指さす。

「では、やはり敵が防衛拠点に選ぶのはここだろうな」

周囲の部隊長たちが頷いた。

フォルカーが指さしているのは捕虜収容所だ。

収容所も重要拠点であり、俺たちとしては制圧して捕虜を解放しなければならない。

領軍を無力化し、街を占領してから捕虜の解放に及べばそれでも良いのだが、領軍がその収容所に立てこもるなら、攻め入って彼らを無力化する必要がある。

「壁に囲まれ、門は正面に一つあるのみ、か」

腕組みして重々しく言うフォルカー。

収容所は当然、壁に囲まれている。

門は一つで、他は幾つかの小さな通用口があるのみだ。

それは外敵からの守りを想定したものではなく、内側から逃がさないための造りであるわけだが、領軍はそれを頼みにして防衛戦を展開してくるだろう。

通用口は突入には向かない。

こちらとしては、領軍が待ち構える正面の門から攻め入るしか無さそうだ。

「良いでしょうか？」

部隊長の一人が挙手した。

フォルカーが頷いて先を促す。

「収容所に……いえ、この街全体に大勢の魔族が囚《とら》われているわけですが、彼らを人質にされる可能性はありませんか？」

「うむ。そういう勧告が来るかもしれんとは思っていたが、今のところ来ていないな。お嬢の方にも来てませんよね？」

「来てないよ」

そう。敵に打てる少ない手のうちの一つがそれだ。

だが、そういう動きは無かった。

「明《めい》に勧告が無くても、収容所の攻防の中で敵が獄中の捕虜を害する可能性はあるんじゃないですか？」

部隊長の声は不安げだが、表情には強い意志が見える。

囚われた仲間を心配する思いと、彼らを救いたいという思いが胸中にあるからだ。

俺は、この問いに答えるべく挙手して、力強く言った。

「良いだろうか?」

「なんで急に挙手してんの?」

いや……今そこの部隊長がそうしてたから倣ったんだが。

俺なりに彼らに認められるよう気をつけているのだが、どうも空回りするきらいがある。

一つ咳払いし、気を取り直して言った。

「彼の懸念は的を射ている。敵が劣勢になれば、捕虜の首筋に刃をあてて何事かを要求してくる可能性はあるだろう」

皆が俺に真剣な顔を向ける。

誰もが虜囚のことを心底から案じているのだ。

「まして、敵にはもう後がない。追い詰められた者たちが激発に至るのは戦史によく見られることだ。道連れとばかりに、無為に捕虜を殺す可能性すらある」

全員の顔が緊張で強張る。

当然だろう。

領軍を倒して領都を占領しても、そこに救いたかった者たちの死体が横たわっているようでは、喜ぶことなど出来ない。

「では、どうしたら良いですか？」

さっきの部隊長が問う。

声には緊迫感が満ちていた。

もしかしたら、彼の近しい者が囚われているのかもしれない。

「敵に軽挙の暇《いとま》を与えない。正門を抜いたら、特定の者のみで電撃的に牢《ろう》を突き、捕虜を保護する」

収容所の構造はシンプルだ。

収容棟と、おそらく領軍衛兵らの詰所などがある管理棟、そして監視塔があるだけだ。

捕虜は収容棟に居る。

そして戦闘が始まれば、どうしたって収容棟の守りは薄くなる。

そこを突いて彼らを保護するのだ。

「単純だが、それがベストだろうな」

そう評価したフォルカーが続けて問う。

「で、それは誰が行く？」

「個の戦闘力に優れた者が行くべきだ」

俺が答えると、皆が周囲を見まわした。

それから一人が口を開く。

「ロルフさんでしょうね」

その男は、北側の攻撃に参加していた中級指揮官だった。

「えー、こないだまで私が最強だって言ってたじゃん」

リーゼが唇を尖《とが》らせる。

冗談めかした言い方だったが、男は恐縮してしまった。

「いや、リーゼさんも強いですが……」

「皆の意見は？」

そう言って、他の皆にも意見を求めるフォルカー。

それを受け、一人が前に出る。

「ロルフさんの剣の腕はズバ抜けてます。それに戦いを見てて思いましたが、彼は……信頼出来る」

信頼。彼はそう言ってくれた。

敵性種族である俺を、信頼すると。

まわりから反対意見は出なかった。

何人かは頷いている。

「ロルフ、良い？」

「ああ、任されよう。だが一人ですべてを為そうと思えるほど自信家にはなれない。何人かつけてくれ。いきなり人間が行っては、捕虜が脱出してくれない可能性もあるしな」

「分かっている。すぐに選定する」

そう言って、フォルカーが編制表に目を落とす。

その横で、リーゼが俺に促した。

「あとロルフ、例の傭兵団の話をお願い」

「そうだな。皆、聞いてくれ。辺境伯は兵力差を埋めるために、傭兵団を雇っている。先の戦闘では、ザハルト大隊という者たちが確認された」

皆と目を合わせながら、そう告げる。

危険な敵の情報は、漏らさず共有しなければならない。

「聞いたことがあります。確かリーダーの姉弟、とりわけ姉がものすごく強いって」

そう言った部隊長の顔には緊張の色が差している。

ザハルト大隊の名と姉弟の強さは魔族にも伝わっているようだ。

「そうだ。姉弟以外も強者《つわもの》ぞろいだろう。領軍とは明らかに装備が違うから、見ればそれと分かる。

「一人で彼らと相対《あいたい》する状況を作らないでね。兵力では勝ってるんだから、数的優位を維持するよう努めて。捕虜を助けても、みんなが死んだら意味ないんだからね」

気をつけろ」

リーゼの言葉に皆が頷く。

フォルカーも頷いていた。

「特に危険な、幹部と思《おぼ》しき者たちについて詳しい情報があるので――」

「失礼します！　あ、あの！　今そこに、敵が！」

俺の言葉は、飛び込んで来た兵によって遮られた。

彼がもたらした報告に、皆が驚愕《きょうがく》の表情を浮かべる。

「向こうから攻めてきたのか!?」

フォルカーも驚きに目を見張り、そう質《ただ》した。

確かに予想外だ。

収容所で防衛戦に持ち込むのが彼らにとって最善であるはずだが。

「い、いえ！　それが……！」

◆

広場の入口へ向かうと、そこでは、やや困惑した面持ちの魔族兵たちが取り囲むなか、人間の男が蹲《うずくま》っていた。

男は魔族の少年を抱きかかえている。

少年は血まみれで、男は滂沱《ぼうだ》の涙を流していた。

「おい！　回復魔法はまだか!!　ち、畜生！　ガキなのに！　まだガキなのに死んじまう！　うおおおあああぁぁぁぁぁぁ!!　死んじまう!!」

少年の胸には包帯が巻かれており、止血が為されているようだが、見るからに息が浅く、予断を許さない状況であることが分かる。

リーゼが周囲の兵に問いかけた。

「回復術士は!?」

「もう呼びに行かせました！　医療班と共に、今こちらへ向かっています！」

「畜生！　畜生！　モタモタしてんじゃねえ!!　何やってんだお前ら！　こいつの仲間だろうがぁ!!　仲間なんだろうがぁ!!」

その絶叫は悲しく痛々しいものであったにもかかわらず、周囲を圧倒した。

兵たちはその場から動けないでいる。

そして俺は驚いていた。

顔が涙でグシャグシャだったため一瞬分からなかったが、俺はこの男を知っている。

あの剣の男、シグムンドだった。

そして彼が再度絶叫するなか、人垣の向こうから回復術士と医療班が到着した。

すぐさま少年を診ながら回復魔法を施す。

「どう？」

「傷は浅く、急所を外れています。助かりそうです」

リーゼの問いに、医療班の男がそう返した。

周囲から安堵の溜息が漏れる。

そしてその間も、シグムンドは鬼気迫る表情で少年を見据えていた。

その表情を見て、俺は理解する。

この男は、友だ。

◆

「ああ？　ぶった斬ってやったぜ、辺境伯の野郎はよ」

少年の治療が終わり、落ち着いた後、俺たちはシグムンドから話を聞いた。

彼が自陣を飛び出た経緯や、向こうで何が起きているかを確認したのだ。

その中でシグムンドは、辺境伯を斬ったことを伝えた。

皆がざわめく。

それはそうだ。

敵の総大将が、すでに死んでいると彼は言っているのだから。

「確かなの？　死んだのを確認したわけじゃないんでしょ？」

リーゼが問う。

シグムンドの話では、彼は辺境伯を斬ったのち、少年を抱えてすぐに飛び出したようだ。

確かに、辺境伯の死を前提としてしまうには情報が不確かではあるが……。

「いいや。野郎は死んだぜ」

シグムンドはそう答える。

それを聞き、俺は黙って首肯した。

直接斬り結んだ俺は、シグムンドの剣の腕を理解している。

彼が死んだと言うなら、辺境伯は死んでいる。

仕留め損なってはいない。

倒すべき敵の最高司令官は、すでにこの世に居ないのだ。

「しかし……領軍は」

部隊長の一人がそう言った。

そう。領軍はまだ戦うつもりでいる。

主を失ったのに降伏していない。

報告によれば、彼らは収容所に立てこもり、今なお組織的反抗の意思を見せている。

「辺境伯は街から逃げようとしてたのさ。その時にヴィオラへ指揮を任せてたぜ」

「やっぱり脱出を……」

シグムンドの言葉を受け、別の部隊長が言う。

こちらの読みどおり、辺境伯は領都からの脱出を図ったようだ。

そしてその際に、ザハルト大隊のヴィオラ団長に指揮権を委譲したらしい。

「いま領軍を動かしているのはヴィオラ・エストバリなのか。彼女は指揮にも優れると聞くが……」

俺はそう言って、シグムンドへ視線を向ける。

彼女に関する情報が欲しいところだ。

だが、シグムンドはそっぽを向いて面倒くさそうに答えた。

「知らねえ。強《つえ》えのは間違いねえが、俺は指揮やらには興味ねーしな」

「おいあんた、同じ団に居て知らんということはないだろう」

部隊長の一人が追及する。

しかしシグムンドは、鬱陶しげに否定した。

「知らねえもんは知らねえよ。つーか知ってても言わねーよそんなもん」

彼は単身、敵陣に突っ込んできて、自軍の将を殺したと言っている。

あまりに常識から外れた行動と言動。

彼の言葉をどう受け取れば良いのか、皆、判断に困った顔をしていた。

そんな中、フォルカーが尋ねる。

「自軍を離れても、情報を渡すような裏切りはしない。それがお前のルールということか？」

「そんなご立派なもんじゃねえよ」

シグムンドは嫌そうに答えた。

そこへ誰かがぼそりと告げる正論。

「あの、聞き出せたとしても信じて良いのか分かりませんよ」

そう。

仮に何かを聞き出せたとしても、それらの情報は事実なのか。敵の謀《はかりごと》ではないのか。

そういう警戒を抱くべき状況ではある。

だが俺は、その警戒は不要だと確信していた。

「はっ、くだらねー。嘘なんざ言うかよ」

言わないだろうな。

シグムンドは真実を言っている。

あの涙と絶叫は、本物の感情の発露だった。

「まあ、やることは変わらないのだ。敵将はエストバリ姉弟だと前提しておけば良い」

「そうね。収容所に攻め入り、囚われている人たちを助け、敵を討つ。そこに変更は無いわ。ただ敵を率いているのはエストバリ姉弟だと考えましょう」

フォルカーとリーゼが言った。

二人とも、俺と同じことを感じたのかもしれない。

「あとは貴方の扱いだけど」

「言っとくが、俺はあのガキを連れてきたんであって投降したんじゃねえぞ」

不遜な態度を崩さないシグムンド。

敵軍の陣中にあって、恐れや焦燥の一切を感じていない。

「でも貴方は捕虜ということになるわ。事情を勘案するに、当面は客員待遇に近い扱いになるけど……」

「客なら飯よこせ。血ィ流したあとは飯が要る」

俺を睨みつけながらそう言うシグムンド。

何人かが表情に苛立ちを浮かべた。

「血を流したとは、俺が斬ったその頬のことか？」

「それ以外ねーだろ！　いいかテメェ！　俺ん中まで斬れたと思うな！　俺は一つも斬られちゃいねえぞ！」

〝俺の中〟。

興味深い物言いをする男だ。

俺が斬ったのはシグムンドを宿す外殻に過ぎず、彼自身はまったく害されていないと、この男はそう言っているのだ。

面白いし、そしてどこか頷ける考え方だった。

「シグムンド。俺としては、お前に聞きたいことが色々ある」

「何だよ」

「今は忙しい。この戦いが終わってからだ」

とにかく今は、目の前の戦いに集中しなければならない。

この男と話すのはそのあとだ。

「じゃあさっさと戦ってこいよ。あと飯よこせ！」

遠慮も常識も無いことを、再度叫ぶシグムンドだった。

V

俺の視線の先で、炎の魔法が立て続けに爆《は》ぜた。
収容所の門に、魔族軍の魔導士たちが放った『灼槍《ヒートランス》』が殺到したのだ。
そして木と鉄で出来た門は完全に破壊され、そこに突入路が出来る。
真昼を迎えたころ、俺たちは収容所への攻撃を開始した。
まず戦闘開始の狼煙《のろし》で門を破壊する。
ここまでは目論見どおりだ。
ここの門は城門とは違う。破壊するのは難しくない。
しかし、この先が少し難しい。
あの門は、突入路としてはかなり小さい。
戦力の一斉投入が出来ず、俺たちは兵数の有利を活かせないのだ。
だが俺たちは門を通り、収容所に立てこもる領軍を倒さなければならない。
領都内に領軍が居る限り、この街の制圧は成就しないのだ。
俺は、その領軍を指揮している者たちのことを考える。

シグムンドが伝えた敵将のことを。

敵将はヴィオラ・エストバリ。そして弟のテオドルも居る。

領軍を無力化するには、姉弟を倒さなければならない。

勝利条件は、辺境伯の排除から、エストバリ姉弟の排除に変更されたのだ。

王国中に名を知られた姉弟である。

俺がその二人のことを考えているところへ、フォルカーの号令が轟《とどろ》いた。

それを受け、領軍が立てこもる収容所へ魔族軍が突入していく。

そして門の周りで戦闘が始まった。

敵の中には、傭兵の姿も見える。

ザハルト大隊の者だろう。

「なんでザハルト大隊は逃げないのかな？」

隣に居たリーゼがそう言った。当然の疑問だ。

エストバリ姉弟には、この地に義理立てする理由が無い。

辺境伯が死んだなら、さっさと立ち去れば良いのだ。

それなのに、今なお踏み留まり、領軍と共に戦っている。

指揮権の委譲を、生前に辺境伯から託された約束と捉え、戦うことを選んだのか？

だがそんなウェットな考え方をするだろうか？

彼女らはプロの傭兵だ。雇い主が死んで報酬を受け取り損なったなら、すぐに仕事を切り上げるのが普通であるはずだ。

あるいは、たとえば意に沿わぬ戦いを強いられている可能性は無いだろうか。

弱みを握られて、王国に従わざるを得ない状況にあるとか。

いや、逆に姉弟の方から王国に取り入ろうとしているケースもあり得るか。

辺境伯は後継ぎを立てぬまま死んだのだ。

エストバリ姉弟が空席を狙って行動を起こしても不思議ではない。

二人は確か領地を持たぬ貴族家の出だし、そういう野心を持っている可能性は低くないだろう。

「リーゼ。エストバリ姉弟は、自分たちの野心のために、辺境伯の死を伏せたまま戦いを続けているのかもしれない。辺境伯の死を領軍に伝えることは離間工作になると思うか？」

「ううん。ならないと思う。辺境伯が死んだ証拠も無いし、そもそも聞く耳を持ってもらえないよ」

そうだよな。

領軍をよく知る俺も同意見だ。

戦いのあとのことを考えれば、辺境伯の死は俺たちにとって追い風と言える。

この地の領主としての正当性を主張する者が居なくなったのだから。

だが、敵を倒し切らなければならないという点は変わっていないのだ。

「…………………」

音に聞こえたエストバリ姉弟。この戦場で会ったとして、勝てるだろうか。

俺は僅かな身震いを感じながら、門の周囲で繰り広げられる戦闘を見据える。

そして、一つ息を吐いてリーゼに言った。

「そろそろ俺たちも行く」

「分かった。気をつけてねロルフ。皆も」

リーゼが振り返った先には、俺と共に行く兵たちが居た。

俺を含めて六人の少人数で捕虜のもとへ向かう。

彼らは緊張した面持ちで頷き返した。

「よし、行くぞ！」

俺たちは門へ向けて駆け出すのだった。

◆

収容所正門の戦いは大乱戦となっていた。

飛び交う怒号の中へ、俺たちは駆け入っていく。

激しい熱気にあてられ、たちまち全身に汗が浮かぶ。

土煙が舞い上がり、肌に砂が張り付く。

四方八方から、止《や》まぬ剣戟音と、鎧《よろい》がかち合う音が鳴り響く。

すぐ前で敵の槍が暴れ、すぐ横で味方の剣が猛る。

敵と味方が至近距離で完全に入り乱れていた。

引き倒された敵の上に敵味方が殺到し、倒れた男は全身の骨を踏み砕かれた。

怒号は次第に狂奔の熱を帯び、一帯に轟いてゆく。

戦場は無秩序な混戦の只中《ただなか》にあったが、これは俺たちが意図して作った状況だ。

損害を織り込んででも、一気に肉薄して混戦状態に持ち込む。

敵と味方が入り乱れている状況を素早く作ってしまうのが狙いだった。

こうすることで、敵の矢と魔法を抑える。

味方を撃つ可能性に逡巡《しゅんじゅん》し、敵は遠距離攻撃が放てなくなっていた。

特に魔法による広範囲攻撃を封じたのが大きい。

防壁の上から、一方的に撃ち減らされることを最も警戒していた俺たちにとって、この混戦こそ狙いどおりだった。

「経験が活きたな」

誰に聞かせるでもなく、俺はそう言った。

バラステア砦で、防衛戦の指揮を執り続けたことが実を結んでいる。

俺には、防衛側がやられると嫌なことがよく分かっていた。

「おおおおっ！」

魔族兵の咆哮《ほうこう》が響いた。

眼前の領軍兵を斬り伏せ、ずいと踏み入ってゆく。

一歩ずつ、魔族軍が領軍を押し込んでいた。

「く……！　持ちこたえろぉ!!」

領軍の中級指揮官が、悲鳴まじりの怒声をあげる。

その怒声に呼応するように、敵の一人が叫んだ。

「こっちにいるぞ！　人間だ！　そいつを殺せぇ!!」

口角に泡を飛ばしながら、魔族軍の中に一人いる人間を指さす。

言うまでも無く俺である。

そしてその声を受け、領軍兵たちが襲いかかってきた。

卑劣な裏切り者の姿をその瞳に映しながら。

好都合だった。

俺が大勢を引きつければ、戦線が楽になる。

「であっ！」

「ごは!!」

群がってくる領軍兵たちを斬り倒す。

彼らは裏切り者への怒りで、一様に昂《たかぶ》っていた。

対してこちらは、努めて冷静に剣を振るう。

乱戦の中にあってこそ、周囲に引っ張られず、落ち着いて戦場を見渡さなければならない。

そして一人ずつ確実に倒していくのだ。

「くっ……大逆犯め！」

押されていくなか、悔しそうに俺を睨みつける領軍兵。

血涙が噴き出しそうなほどに血走った目を向け、俺を大逆犯と呼んだ。

加護なしで、煤まみれ《アルガ》で、大逆犯か。

また二つ名が増えた。

もはや人類史に特筆される嫌われ者と言えるだろう。

俺もいよいよ気の毒な感じになってきたな。

俺は別に、この手の面罵に対して「もっと言ってみろ」とばかりに口角を上げる種類の人間ではないのだ。

とは言え〝大逆犯〟というのは、俺に言わせれば、そう悪い意味じゃない。

体制や理《ことわり》に背けるのは決意ある者のみだからだ。

ここはその二つ名も、ありがたく頂戴しておくとしよう。

「どいて！　俺が前に出ます！」

その大逆犯に剣を向ける者がまた一人。

ザハルト大隊の者だ。

領軍兵たちが期待を込めた眼差しをその男に向けながら、道を空ける。

「黒髪黒目のデカブツ！　お前がロルフだな！」

「そうだ。お前は？」

「加護なしの分際で剣を取る愚か者め!!　俺が剣の何たるかを教えてやる！」

話を聞かないタイプのようだ。

というよりこれは、酔っているな。

「せりゃぁ!!」

男は、まっすぐ踏み込んで剣を振り入れてくる。

俺はそれを煤の剣で防いだ。

ぎん、がきんと音を立てながら、二合、三合と打ちつけられる剣。

その剣には力があり、正しい刃筋を辿《たど》っている。

良い腕だ。さすがに領軍兵よりだいぶ強い。

俺は退がりながらガードし、男の剣を見定めた。

「ふん！　どうした！　反撃しなければ勝負にならないぞ!!」

やはり男は酔っている。

戦場に強者として立つこと、そして加護なしを討伐することに愉悦を感じているのだ。

「ロルフさん！　加勢します！」

「いや、今は自分の身を守れ」

俺と行動を共にする隊の者たちが声をあげてくれるが、彼らにも欠けずに収容棟へ向かう任務があるのだ。

今は自身を守ってもらわなければ。

「分かりました！　では背後をカバーします！」

「済まない。助かる」

皆、有能で戦場がよく見えている。

俺がザハルト大隊の男に対応しやすいよう、カバーに回ってくれた。

「魔族と仲が良いな。加護なし！」

男が剣を構え直した。

こいつを倒せば蟻《あり》の一穴になるような気がする。

そう考え、俺も剣を構えた。

「でああぁぁぁぁっ！」

気合十分に男は剣を振り続け、ぶつかり合う剣が音を立てる。

振り下ろされてくる剣を、煤の剣で防ぎながら、俺は少しずつ退がった。

「おお！　ザハルト大隊の方《かた》が押してるぞ！」

「いいぞ！　そのままぶった斬れ！」

領軍兵たちの声が、男の愉悦を後押ししたようだ。

男は眼を爛々《らんらん》と輝かせながら、更に斬り込んできた。

俺はその剣を横に払い、上段に振りかぶって反撃に転じる。

ごつり、がきんと、二度響く金属音。

立て続けに振り入れた二撃は、男の剣に阻まれた。

ガードがギリギリ間に合ったのだ。

男は額に汗を浮かべながら、ニヤリと笑った。

「いいぞ！　見えてる！」

「やはりザハルト大隊が上手《うわて》だ！」

領軍兵がはやし立てる。

男も同感のようだ。

顔に浮かぶ愉悦は、更にその色を濃くしていた。

「ふふ……さあ、どうする？」

男は悠然と中段に構え、俺の剣を誘う。

そこへ向け、俺は再度斬り込んだ。

狙いどおりだったのだろう。男は笑みを浮かべたまま、剣で防ぐ体勢に入った。

ガードからの反転攻撃を企図しているのだ。

だがその目論見は成就しない。

俺は、男の対応能力を大きく超える一撃を繰り出した。

――――しゅどっ

煤の剣は、事も無く男の胸を斬り裂く。

「えっ……？」

さっきは、男がギリギリ対応出来るレベルの斬撃を振り入れ、実力差を誤認させたのだ。

この男のように、格下であることが明らかな相手に用いる手だ。

急に練度が上がった斬撃に、男はまったく対応出来なかった。

普通に戦っても危険の小さい相手ではあったが、リスクの最小化は、戦場でとるべき当然の振る舞いというもの。

「こ、こん、な……」

事態を理解した次の瞬間、男は絶命した。

彼が崩れ落ちると、領軍兵たちが一歩後ずさる。

ここだ。

「今だ！　押し込めぇ‼」

「おおおおおおおぉぉぉぉぉ‼」

俺の声を受け、魔族たちが一気に攻勢へ出る。

フォルカーはタイミングを見誤らず、これに呼応した。

「第二、第三部隊は負傷者を収容しつつ退がれ！　第六！　突入！」

「待ってたわ‼」

戦力の一斉投入が出来ないこの戦いでは、部隊を小分けにしている。

リーゼは直属の麾下と共にフォルカーの指揮下に入っていた。

そのリーゼの部隊が、ここで突っ込んでくる。

一部の部隊が退がったところを、スピードのあるリーゼ隊が即座に埋めた。

タイムラグの無い戦力投入は、魔族軍の数的劣勢を一瞬たりとも作らない。

「はあぁぁぁ!!」

つむじ風のように飛び込んできたリーゼの双剣が、領軍兵を斬り裂いていく。

短い双剣を高回転で操る彼女の戦闘スタイルは、このような乱戦において非常に有効だ。

「うわぁ!?」

領軍はどんどん退がっていく。

俺は後ろを振り返り、同じ隊の者たちに言った。

「このまま押し通って収容棟へ向かう！　いけるか!?」

「はい！」

そして彼らと共に敵の隊列に突っ込む。

リーゼの双剣が暴風のように荒れ狂い、その隊列をがりがりと削っていく。

「ていっ！」

「せあ！」

俺の隊の者たちも皆、腕利きだ。

もはや及び腰になっている領軍兵たちを斬り倒し、じりじりと戦線を押し上げる。

「左翼！　押し切れ!!」

フォルカーの指示が飛ぶ。

リーゼが斬り込んだ左翼側、敵の戦列がかなり薄くなっていた。

そこへ魔族軍が殺到する。

「おおおぉぉぉぉぉ‼」

次の瞬間。

領軍の隊列が決壊し、穴が開いた。

その穴へ魔族軍がなだれ込む。

「うわあぁぁぁぁぁ‼」

「退け！　退いて立て直せぇ‼」

隊列を維持出来なくなり、散らばる領軍。

そして魔族軍は門を突破し、収容所内へ突入していく。

ストレーム辺境伯領の終焉は、確実に近づいていた。

◆

兄とエミリー姉さんが騎士団に入ってから一年後、私も同じく第五騎士団に入団した。

期待より不安ばかりが大きかったと記憶してる。

兄の境遇が想像出来たからだ。

そしてその想像のとおり、兄は蔑まれ、そして訓練では痛めつけられていた。

それと驚いたことに、従卒としてエミリー姉さんに仕えていたのだ。

あんなにお似合いだった二人の間に、歪《いびつ》な主従関係が出来ていた。

エミリー姉さんがそれを悲しんでることは、顔を見れば分かる。

でも、どうにもならなかった。彼女にはどうすることも出来ないのだ。

だから私は兄に、いつも頼りになった兄に、どうにかして欲しかった。

エミリー姉さんを悲しませないで欲しかった。

でも兄は、その境遇の中で、ただ研鑽を続けるだけだった。どう見ても無意味としか思えない研鑽を。

兄のことが分からなくなっていく。

大好きだった兄のことが。


それから、私は自分のことも考えなければならなかった。

両親の期待に応えるため騎士団での実績が必要なのだ。

もっとも、マイナスからのスタートは覚悟していた。

加護なしと疎まれる人の妹とあっては、不本意な目にも遭うだろうと。

実際、兄へ向ける嘲笑を私へも向ける人は居たし、かと思えば必要以上に憐《あわ》れむ人も居た。

ただ待遇において、別段、不利益を強いられることは無かった。

「君はちゃんと、女神との間に繋がりを得ている。あの男のことで負い目を感じる必要は無い」

タリアン団長はそう言ってくれた。

神様は平等で、咎《とが》無く罰を与えたりしない。騎士団という場所で、そこは守られていた。騎士という存在は皆、フェアだったのだ。

それに私は強力な魔力を与えられていた。前年のエミリー姉さんほどではないけど、私もかなりの力を得ていたのだ。

「『火球《ファイアボール》』！」

私は先輩団員の手ほどきを受けて、火の玉を放つ。

その先輩は、隣で呆気に取られた顔をしていた。他の皆もだ。

「これは……凄い才能だな」

一人がそう言った。

私が初めて放った『火球《ファイアボール》』は、先輩が見せてくれたお手本より、ずっと大きかった。

魔力が高いのみならず、私には魔導の才能があったのだ。

実際、入団から一年で私は部隊長にまでなった。

これなら、次期当主として良い実績になるだろう。

それは喜ばしいことであるはずだった。

けど、それはつまり、兄との距離が更に開くことを意味していた。

「が……はっ！」

「おい！　すぐ転がってちゃ訓練にならねえだろうが！」

私が一目置かれ、敬意のこもった目を向けられる一方、兄は毎日、煤と泥と、そして屈辱にまみれていた。

その姿を見るうち、胸の中で何かが冷えていくのを感じた。


「フェリシア、よくやっているようだね」

「私たちも鼻が高いわ」

バックマン領は、第五騎士団本部から遠くない。

私は、時間がとれた時は帰って父母に会っていた。

父も母も、私をすごく褒めてくれる。

私だけをだ。彼らの口から、兄の名が出ることは無かった。

でも、仕方が無い。

父母は兄を誇れない。

あの兄を、誇ることは出来ない。


「フェリシア様」

兄は私をそう呼ぶ。

そして、そう呼ばれることに対する抵抗は、日々、私の中から薄れていった。

誰しも子供のころのままではいられない。

人は誰しも変わり、その関係性も変わるのだから。

………。

………でも。

だからと言って遠ざけたいわけじゃない。

見捨てたいわけじゃない。

その思いを、自分へ言い聞かせるように胸の中で反芻《はんすう》する。

そこに嘘は無いと断言出来る。

私は兄を、嫌ってなどいない。

それは私の本心だ。

エミリー姉さんも、同じ思いでいる。

◆

「…………」

そして今。

私は、門の周囲で行われている戦闘を遠くに眺めていた。

攻め入ってくる魔族軍を押し返そうと領軍の人たちは頑張っているが、どうやら苦戦しているように見える。

ヴィオラさんは監視塔から全体を見渡しているはずだ。そして忙しく中級指揮官へ指示を出していることだろう。

でも、戦闘が開始するや否や混戦に持ち込まれ、防衛側の強みを活かせずにいるようだ。

彼女も、先の戦闘で部隊長クラスが何人も失われた領軍を、急造の指揮系統でよく動かしていると思う。

だけど勢いは敵にある。このままでは厳しい。

そう思っていた矢先。

領軍の隊列が崩れ、そこへ魔族軍がなだれ込んできた。

収容所内への突入を許したのだ。

これは本当に、領軍が負けるかもしれない。

それは領都アーベルの陥落を意味する。

このストレーム領が魔族の手に渡ることになるのだ。

王国史に特記されるべき大難と言える。

それを引き起こしている当事者の中に、あの人が居るなんて。

会って話をしなければ。

そのために、ヴィオラさんの指揮下に入って、この戦いに参加したのだ。

だけど、前線に出ることは許されなかった。

ヴィオラさんは、私があの人と会うことを避けたかったんだと思う。

だから私はずっと後方待機だ。

でも実のところ、それで問題ない。

私には、あの人が現れる場所が想像出来る。

理解は出来ないし、してあげようとも思わないけど、魔族を仲間と考えるのなら、彼はその仲間を救おうとするだろう。

そう思いながら、背後を見やる。

そこにあるのは、捕虜の収容棟だった。

この戦場にあの人が居るなら、たぶんここに来る。

周囲に領軍の姿は無い。

この後方に残った僅かな兵も皆、正門の方へ向かっていった。

門を抜かれた今、敵は続々と突入してきている。

それを食い止めるべく、領軍兵たちは最後の戦いに向かったのだ。

私はと言えば、動かずここで待つ。

ただ、あの人を待つ。

血を分けた私の兄を。

その兄について、ヴィオラさんが口にした言葉を思い出す。

今朝、私の戦闘参加について少し口論した時に、彼女はこう言ったのだ。

――――フェリシアさん、貴方の兄君は、人類国家への裏切りという、我々にはおよそ理解出来ない選択に至ったのです
――――そして実力も高く、今や領軍をここまで追い詰めている。素直に降るとは思えません

実力も高く。

領軍を追い詰めている。

彼女はそう言った。

あの人の力を評価していた。

それを聞いて、私は何とも言えない気持ちにさせられた。

私はここ数年、兄の力を信じることも評価することも無かった。

騎士団の皆と同じように。

私がヴィオラさんの言葉を聞いて抱いた感情は、嫉妬と羞恥心だったかもしれない。

兄と無関係な、会ったことも無いただの傭兵が、私より兄を理解しているような気がしたのだ。

私は、兄への幼い憧憬を捨て切れずにいただけなのではないだろうか。

そして期待する兄の姿と違っていたからと、勝手に失望していたのではないか。

あの時私は、そんな思いが僅かに湧き上がるのを感じた。

でも仕方が無いじゃないか。

失望させたのはあの人だ。

無力な人になり下がったのは、あの人なんだ。

あの人が昔と変わらず敬愛の対象であってくれたなら、今こんなことにはなっていない。

私だって、兄を見誤っているというわけではないのだ。

実際にほら、兄がこの収容棟へ向かってくるということは、きちんと予想出来ていた。

正直、嬉しくはない。

来ないで欲しかった。

この戦場に居ないで欲しかった。

すべては間違いで、あの人はまだ、どこかで休暇中なのだ。

そうであって欲しかった。

それなのに、向こうから見知った姿が駆けてくる。

魔族兵たちが同行しているようだ。

こちらへ向かう途中、何人かの領軍兵と会敵していたが、同行する魔族兵たちが斬り伏せていた。

そして彼らは、この収容棟へ近づいてくる。

やがて兄は、ロルフ・バックマンは、私の前に来て立ち止まった。

あの追放から五か月。

たいしたことのない歳月だと思う。

でも、審問会で押し黙る兄の姿を見たのが、ひどく昔に思える。

兄に会うのが、ひどく久しぶりに思える。

「フェリシア」

「兄さま」

その表情からは感情が読み取れない。

もともと表情の豊かな人ではないけれど、でも昔は、顔を見れば何を考えているか、すぐに分かったのだ。

でも今は、何も見えない。

◆

どうにも運命ってやつは、過酷だったり皮肉だったりするばかりだ。

いずれ近しい人と対峙《たいじ》することを覚悟してはいた。

だがまさか、この地でいきなりとは。

誰かに何かを問われているかのようだ。

……いや違う。

運命論はよそう。

これは俺の選択だ。

自らの選択の結果、俺は戦場で血を分けた妹と、フェリシアと対峙しているのだ。

「……そっちの魔族たちは、先へ行かせてください。彼らは収容棟へ用があるんでしょう？」

フェリシアは、事も無げに言った。

部隊の魔族兵たちが、困惑した表情を俺に向ける。

「行ってくれ。彼女は俺に話があるようだ」

「……分かりました。ロルフさん、お気をつけて」

彼らは優秀で、判断が早い。

すぐに駆け出し、収容棟の中へ踏み込んで行った。

それを見届け、俺はフェリシアに向き直る。

彼女も俺を見つめ返した。

「ずいぶん汚れてますね。それは煤でしょうか」

「戦場で汚れるのは当然のこと。気にするな。それよりフェリシア、どうしてここに居るんだ？」

「もうフェリシア様とは呼んで下さらないのですか？」

「呼んだ方が良いかもな。戦う相手には敬意を払うべきだ」

「…………っ！」

フェリシアの顔が強張る。

戦う相手。

俺は、はっきりとそう告げたのだ。

「……もともとは、参謀長の件を兄さまに質すために来たのです」

「参謀長。ああ」

第五騎士団が参謀長を募った件か。

あれが俺への呼びかけであることは分かっていたが、俺は応じなかった。

「何故来なかったのですか？」

「決意して踏み出した道を、戻る理由が無いからだ」

参謀長の呼びかけがあった時、俺は魔族領へ赴こうとしていた。

約束があり、行くべき場所があったのだ。

だがそれが無くても、俺は呼びかけに応じなかっただろう。

道は既に分かたれていたのだから。

「兄さま、貴方は追い出されたのですよ？　それを、決意して踏み出したなどと。大仰で不相応だとは思わないのですか？」

「思わない」

「私は思うと言ってるんです！」

理屈の合わない言い様に聞こえるが、フェリシアは今、懸命に感情を吐露しようとしているのだ。

俺と話すために辺境まで来た妹に、俺は向き合わなければならない。

「フェリシア。決意とは、ただ自らの魂に火を灯《とも》す行為を言うんだ。そこに相応も不相応も無い」

「聞いたふうなことを！　エミリー姉さんが、どんな思いで手を差し伸べたと思うんですか!!」

激昂するフェリシア。

彼女のこんな姿を見るのはいつ以来だろうか。

小さいころに、ちょっとした癇癪《かんしゃく》を起すことが数回あったぐらいで、それからは怒声をあげることなど、まず無かった。

幼いフェリシアの姿を想起している俺に、目の前のフェリシアが声を低くして問う。

「……教えてください。エミリー姉さんの馬を逃がしたんですか？」

「その件については、あの審問会で既に否定した。何故また訊《き》く？」

「貴方が誤魔化してばかりだからです！　それに！　あの夜、街で娼婦と耽っていたというのは本当なんですか!?」

「それは幹部たちが勝手に言っているだけだ。何の根拠も無いぞ」

「私だって信じたくありません！　でも!!」

声を張りあげるフェリシア。

癇癪を起こす幼いころの姿が重なる。

「フェリシア。俺は訳あって、あの審問会で真実だけを話してはいない。だが間違いなく、俺は馬を逃がしていない。娼婦を買ったという件も……それが必ずしも誤った行為だとは俺は思わないが、お前が気にするなら改めて否定しておく。俺にそういう事実は無い」

「…………」

「そのうえで、お前が何を信じるかは、お前が決めろ。俺はもう兄として、そこを手伝ってはやれない」

「……何を今さら。貴方が兄らしくあってくれたことなんて、もう……」

そうだな。

兄に範を垂れるよう求めるのは、ごく正当な要求だ。

俺はそれに応えることが出来なかった。

彼女の、妹としてごく当然の希求に、応えてやることが出来なかったのだ。

「……兄さま。どんなトリックで戦えるように見せかけているのか知りませんが、ここは戦場です。詐術だけで立ち回れるものではありません」

フェリシアは、諭すように語りかけてくる。

銀の杖《つえ》を、胸の前で強く握りしめていた。

「ここで私と戦っても、兄さまに勝ち目は無いんです。それはよくお分かりのはず。帰りましょう？　居るべき場所へ」

居るべき場所。

あるべき自分。

挑むべき命題。

難しいよな、フェリシア。

それが一向に見つからない者も居る。

だが、俺はもう見つけたんだ。

「反省を示して戻りましょう。エミリー姉さんには、今や凄い発言力があるんですよ？　魔族に唆されたとして、エミリー姉さんの庇護《ひご》下に入れば、きっと――」

「済まないが、俺は帰らない」

俺は俺の居場所から去るつもりはない。

俺の戦いから逃げるつもりはない。

「…………帰らないと、聞こえましたが」

「ああ。そう言った」

沈黙。

フェリシアは目を伏せている。

俺と違って美しい赤色をした瞳が、長い睫毛《まつげ》に隠れていた。

「……いい加減に、駄々をこねないでください。戦えない貴方が、ここに居て何をするというのですか。……これ以上、見苦しい姿を見せないでください」

見苦しい姿、か。

俺は今まで、自分の見苦しさを恐れなかった。

あの騎士団での日々。

傷だらけで地に転がされても、その先にあるものを信じ続けることが出来た。

だがフェリシアは、その間ずっと、地を這《は》う兄の姿を目にしなければならなかったのだ。

「兄さま、帰りましょう？　こんな馬鹿げた戦い、もうやめましょう？　ヴァレニウス家で職をもらって、それから――」

「フェリシア、済まない」

俺は首を横に振ってそう言った。

俺の妹は、胸を悲痛な思いで満たし、願っている。

それは分かる。

だが俺は帰れない。

いや、帰らない。

「確かに私たちは兄さまを追放しました。……でも仕方ないじゃないですか！　兄さまだって、真実を話さなかったんでしょう⁉」

感情を爆発させるフェリシア。

抑えることの出来ない叫びが吐き出される。

目には涙が浮かんでいた。

「参謀長の時、あれが呼びかけだって分かってたはずです！　兄さまが戻ってくると思ったのに‼

私もエミリー姉さんもそう思ったのに‼」

「…………」

「……裏切るんですか？　私たちを。愛した女性を。血を分けた家族を。行き違いはありました。でも、すべてに背を向けて去るのが正しいあり方なんですか？」

フェリシアの声が震えている。

俺は、兄らしいことをしてやれなかったこの妹に、せめて伝えようと思った。

俺が思う人のあり方を。

「この現実は……いいかフェリシア、よく聞くんだ。ここにある現実はな、酷薄で、理不尽で、そして冷笑的なんだ。それは人から奪うし、失わせる」

「…………」

「俺は、それに立ち向かわなければならない」

「……現実って何ですか。何に立ち向かうんですか？」

「ロンドシウス王国」

「!!」

フェリシアの顔が色を失う。

兄の口から、明確な反逆の意志を聞いたのだ。

「……本気で……人間を裏切るんですか？　魔族に寝返るんですか？」

「人間も魔族も無いが、あえて言えば俺は、人だからこうするんだ。信じるもののために立ち向かうのが人だと思うから、だから俺はこうするんだ」

「じゃあ、その王国の騎士である私とも戦うんですか？」

「……戦う。必要とあらばな」

俺の答えを聞いて、フェリシアは押し黙った。

俯き、地面を凝視している。

それから暫《しばら》くの沈黙を経て、ゆっくりと口を開いた。

「……貴方の四肢を折り砕いて連れ帰るのも、私には容易いことなんです。私と貴方の実力差が分かっていますか？」

「フェリシア。俺は四肢では済ませない。戦いとなれば、俺は容赦も妥協もしない。それが、戦場で持つべき敬意だと思うから」

フェリシアは顔を上げ、俺を屹《きっ》と睨みつけた。

赤い瞳は、涙に滲んでもなお美しい。

「私に！　勝つ心算《つもり》なんですか!!　総隊長である私に!!　加護なしのロルフ・バックマンが!!」

「ロルフだ」

「えっ？」

「俺はロルフ・バックマンじゃない。ロルフだ」

「……ッ！　王国貴族の姓は捨てると？　だったら父母からもらった名も捨てたらどうですか!?」

「ロルフという名は気に入っている」

「…………………もういい。もういいです」

フェリシアを中心に魔力の奔流が渦を巻く。

感情の昂りに呼応し、その強烈な魔力が現出しているのだ。

空気がずしりと重くなる。

圧倒的な力を持つ魔法の申し子に、世界が頭《こうべ》を垂れているかのようだ。

「立ち向かうと言いましたね。現実と言いましたね。でも、これこそが現実。何にも立ち向かえないのが、貴方の現実なんです。兄さま」
フェリシアの周囲に魔力光が迸《ほとばし》る。
その美しさに一瞬目を奪われそうになりながら、俺は剣を構えた。
避け得なかった戦いが始まる。
覚悟を示すべき時が来たのだ。
「その愚かさを思い知らせてあげます!!　後悔なさい!!」
第五騎士団、魔導部隊総隊長、フェリシア・バックマン。
この戦場にあって、倒すべき敵だ。

◆

「『雷招《ライトニング》』！」
フェリシアが杖をかざすと、その先の空間から雷光が走る。
初級魔法に分類される『雷招《ライトニング》』だが、フェリシアのそれは甘いものではない。
俺は即座に横へ転がって回避する。
次の瞬間、俺が居た場所を、幾条もの雷光が激しい音を立てながら通過していった。
威力も発生の早さも、普通の術者の『雷招《ライトニング》』とは、まったく違う。
俺はその雷光に照らされながら、第五騎士団の魔導部隊について思い出していた。

ゴドリカ以降の軍拡で、第五騎士団の人員も増え、現在、魔導部隊は五つ存在する。

それぞれに部隊長が居り、彼らは皆、折り紙つきの実力者だ。

そして更にその上、すべての魔導部隊を統率するのが総隊長なのだ。

第五騎士団における最強の魔導士である。

十九歳という若さでその地位にあるのが、目の前に居る俺の妹、フェリシアだ。

エミリーという国家的英雄の陰に隠れがちだが、彼女もまた不世出の天才なのだ。

騎士団に入団した際、魔導部隊に配属された者は、まず最初に基本魔法の『火球《ファイアボール》』を教わる。

フェリシアがその時、初めて作り出した火の玉は、先輩が見せた手本の三倍ほどもある大きさだったのだ。

団内では有名な逸話である。

そして兄として成長を喜ぶべきなのだろうか。

今フェリシアが天にかざした杖の先には、あまりに巨大な火の玉が浮いている。

太陽を想起させるそれは、通常の五倍以上の大きさだった。

「『火球《ファイアボール》』！」

ごう、と音を立てて火の玉が飛来する。

赤熱するその表面を見れば、込められた魔力は五倍どころではないと分かる。

その破壊的な圧力に恐怖し、慌てて跳び退った俺へ、フェリシアの放つ二の矢が直撃する。

吹き飛ばされた俺は、全身に土をつけながら地面を転がり、そして倒れ伏す。

地に横たわる加護なし。第五騎士団の訓練でよく見られた光景である。

それがフェリシアの頭の中に描かれた展開だ。

彼女にとっては外れようの無い予測だろう。

だから剣を上段に振りかぶり、火球《ファイアボール》に正対する俺の姿を映す彼女の目は、これ以上ないほどに見開かれていた。

「ふっ！」

ごひゅんと響く、蒸発音に似た音。

それは巨大なエネルギーが一瞬で消失したことを示す音だった。

火の玉は煤の剣によって両断され、跡形もなく消え去ったのだ。

「えっ？」

フェリシアは事態を理解出来ない。

判断力を喪失したことが、その表情から見て取れる。

チャンスだった。

俺は剣を下段に構え、彼女との距離を詰める。

「あ……く！　フ、『炎壁《フレイムウォール》』！」

俺がフェリシアに肉薄するより一瞬早く、彼女は自失から回復した。

そして至近距離で炎の壁を展開する。

「せあっ！」

俺はその壁を剣で斬り裂く。

だが炎が霧散した先、フェリシアは既に離れていた。

「いま……何をしたんですか？」

「…………」

「魔法を斬ったように見えましたが」

「そう見えたんなら、そうなんだろう」

「な、何を馬鹿な！　そんなことがあるわけ……！」

「そう思うなら、刃の前に身を晒《さら》せば良い。魔法障壁があるのだから安全だろう」

「こんな……こんなはずが……」

この類の「こんなはずが」という台詞が好きじゃない。

俺には、どうにも度し難いものに思える。

神を奉ずる者ほどこれを言う。神の法にそぐわないものをあり得ないと断ずるのだ。

その出来事が目の前で起きているにもかかわらず、眼前の事実の方が間違っていると考えたがる。

俺に言わせれば、それは逃避でしか無い。

妹がその手合いであったことは残念だが、これは勝機だ。

彼女の思考が事態に追い付く前に、俺は再度距離を詰めに行く。

「くっ！　『水蛇《スラムウィップ》』!!」

駆け出した俺に、水の鞭《むち》が襲いくる。

フェリシアのそれは、鎧を裂くほどの威力を持っている。

処理を間違えれば、魔法障壁を持たない俺はひとたまりもない。

俺は落ち着いて、水の鞭に剣を振り入れる。

フェリシアが首ではなく足元を狙ってきたのは、なお戦いに覚悟を持てない甘さゆえだろう。

だが彼女にとってそれは奏功した。

俺は足を止めて水の鞭を斬らねばならず、結果、また彼女との距離が離れてしまったのだ。

「く……兄さま！」

距離を取ったフェリシアが、額に汗を浮かべている。

彼女が、この程度の魔法の連続行使で疲れるはずは無い。

彼女を襲っているのは、状況を理解出来ないがための、精神の疲弊だろう。

「どういう、ことですか……？」

問いを無視し、フェリシアとの距離を測り直す。

焦燥に満ちた表情を浮かべるフェリシア。

その顔を見れば俺が押しているようにも思える。

だがその実、俺はまだ一度も攻撃出来ていない。

後の先を好む俺だが、魔導士相手にそれでは立ち行かない。

俺には近距離の攻撃手段しか無いのだ。

このまま魔法を撃たせ続けては、いずれこちらが追い込まれるかもしれない。

何せ一度でも処理を誤って直撃を食らえば、そこで勝負がついてしまうのだ。

相手が凡百の魔導士であれば、魔力切れを狙う手も考えられるが、膨大な魔力を持つフェリシアが相手では、おそらく厳しい。

やはり近づかなければ話にならない。

俺は一歩ずつ、間合いを確かめながらフェリシアとの距離を詰める。

「どういうことなのかと聞いてるんです!!」

「何がだ。分かるように質問しろ」

「魔法を斬ってるかのようなそれは、一体なんなのですか!!」

「実はな、魔法を斬ってるんだよ」

「……ッ!!」

フェリシアの顔が怒りに赤く染まる。

やはり駆け引きの方はまったく不得手なようだ。

昔から素直な子だからな。

腹の探り合いに長《た》けた子に育って欲しい、などと思ったことは当然ないが、こうも簡単に冷静さを失ってしまうようでは心配になる。

俺にその心配をする資格はもう無いのだろうけれど。

「ふざけないでください！　貴方に戦う術なんて無い！　あるわけが無い！」

フェリシアが杖を胸の前で横向きに構える。

そこに収束する魔力が、白い冷気を纏って現出した。
あの構えは、フェリシアの十八番《おはこ》だ。
「『氷礫《フロストグラベル》』!!」
拳大《こぶしだい》の氷の礫が幾つも現れ、俺に向かって猛スピードで飛んでくる。
同時に五つ出せれば上出来と言われる礫が、その倍以上の数で襲いかかってきた。
単に得意魔法を選んだだけなのか、思ったよりは状況が見えているのか。
『氷礫《フロストグラベル》』は良い手だ。
俺が魔法を斬ることが出来るとしても、それには剣で魔法を捉えなければならない。
ならば剣による対応能力の限度を超えた攻撃をすれば良い。
大きな火の玉や炎の壁ではなく、小さな礫を複数同時に叩きつける。
それなら剣で斬ることは出来ないと、普通なら考えるだろう。
だが彼女が凡百の魔導士ではないように、俺も一応、凡百の剣士ではない。
俺は真っすぐに立ち、剣を下段に構える。
そして飛来する礫の群れに目を向けた。
一つの礫に焦点を合わせるのではなく、遠くを見やるように礫の群れを視界へ収める。
見るというより、全体像を掬《すく》い取《と》る。
そしてすべての礫の動きを把握するのだ。
礫は全部で十二個。

そのうち八個は俺ではなく、俺の回避先を塞ぐように飛んできている。

こちらの動きを掣肘《せいちゅう》するためのものだ。

この場を動かず、残りの四つを処理するのが最適解となる。

俺は一瞬で肺の中の空気をすべて吐き出し、次に脱力する。

放たれた『氷礫《フロストグラベル》』が俺の体に殺到するまで、コンマ数秒しか無い。

その間に、迎撃の準備を終えなければならない。

だが決して焦ってはならないのだ。そこが難しい。

少しでも準備に不十分な点があれば、迎撃に失敗し、俺は礫の直撃を受けることになる。

だから慌てず、全身を弛緩《しかん》させ、意識を周囲の空気と一体化させてゆく。

そして、それが完了した瞬間、全身の神経を一瞬で活性化させ、剣を振るった。

「疾《シ》ッ!!」

かきんと氷塊が砕ける音が、ほぼ同時に四つ響く。

氷の礫は空中で黒い刃によって斬られ、消え去った。

「………!?」

絶句するフェリシア。

想像を超える事態に相次いで直面し、思考が追い付かないでいる。

もっとも想像力の限界を感じているのは俺も同じだ。

辺境の地でフェリシアと戦う未来など、つい最近まで考えてもいなかったのだから。

予想出来ない人生だからこそ退屈しない、とでも思えれば良いのだろうが、そう言ってのけるには、世界は酷薄すぎる。

人の世の無慈悲を思うと、自然、剣を握る手に力が入るのだった。

「斬れるはずが無い……。魔法を斬れるはずなんか無いのに……」

フェリシアは僅かに震えている。

彼女は魔法の申し子だ。

魔法を信じ、魔法を頼みとしてきた。

その彼女にしてみれば、魔法が一刀のもとに斬り捨てられるなど、およそ許容し得ぬ話だろう。

「だが、斬れている」

「し、信じません！　こんなこと起こるはずが……!!」

「ああ、お前が何を信じるかはお前が決めろ。目の前の出来事を事実と信じたくないのなら、そうすれば良い」

「く……！」

会話に気を引きながら、フェリシアとの距離を少しずつ詰める。

フェリシアには俺の間合いが分かっていない。

彼女が予想しているより、かなり遠くから俺は踏み込める。

その間合いを作れれば勝機が生まれるはずだ。

「そ、それに……、『氷礫《フロストグラベル》』を空中で捉えるなんて」

「剣を信じて振り続けた結果だ」

「……………!!」

かつてフェリシアに問われたことがある。

剣を振り続けることに、意味があるのかと。

今、答えを見せることが出来た。

意味はあったのだ。

「そ、それでも……それでも私は……」

フェリシアまで約七メートル。

この距離なら、俺は一息でゼロに出来る。

俺はフェリシアの体を注視した。

そして息を吐き切った瞬間、最も体が弛緩するタイミングで踏み込む。

「はっ!!」

一気に接近する。

その瞬間、フェリシアが咄嗟に魔法を行使した。

「チ、『冷刃《チリィブレイド》』!!」

フェリシアの周囲に、二十本にも及ぶ氷の刃が現れた。

そしてそのすべてが独立した動きで、俺に襲いかかる。

「!!」

これには意表を突かれた。
俺は二十本の刃を、煤の剣で迎撃するかたちになる。
「くっ！」
「多少剣を使えるからって！　調子に乗り過ぎです!!」
叫ぶフェリシア。
この数の刃に、それぞれ別の動きをさせる処理能力は、さすがの一語に尽きる。
だが刃という武器の扱いに関しては稚拙だ。
怖い角度で飛んでくる刃は無い。
俺はそれらを一本ずつ無力化しながら、攻撃の機会を探す。
がきん、ばきんと氷の刃が砕ける音が響いた。
そして一瞬の間隙を縫って、フェリシアへ突きを放つ。
「くぅっ!!」
剣先が、彼女の肩口を掠《かす》めた。
黒い刃は装束の下の帷子《かたびら》を破り、彼女の体へ到達したのだ。
フェリシアは、残った氷の刃を一気に俺へ叩きつけ、その隙に後ろへ下がる。
俺はすべての刃を砕いたが、フェリシアとの距離はまた開いていた。
彼女は左肩を押さえている。
押さえた手の下からは、血が滲んでいた。

「兄さま……私に……私に剣を……！」
ショックを露わにするフェリシア。
同様に俺も、感情の奔流に襲われていた。
想像してはいた。だが想像以上だ。
肉をえぐる感触が両手に残り、暴風が俺の胸で渦巻く。
自然、眉間に皺《しわ》が寄り、歯を食いしばっていた。
すべての音が遠くに聞こえ、しかし自身の心音だけが、やけに大きく耳を刺す。
気を抜けば、自分がバラバラになってしまいそうだ。
だが、ここで耐えなければならない。
覚悟を貫かなければならない。
そうだ。
覚悟したことだ。決意したことだ。
俺は全身に力を込め、全霊に喝を入れる。
そして妹の体に突き立てた剣の感触を頭から追い出す。
自身の呼吸が止まっていたことに気づき、改めて息を吸った。
それから目の前に居る人を見据える。
「フェリシア……」
口をついて、妹の名が零れ出た。

血を分けた妹。
肩にその血が滲んでいる。
その血に囚われようとする心を引き戻し、神経を眼前の戦いに向けた。
そう、これは戦いなのだ。
守ると決めたものの為《ため》に、俺は戦っているのだ。
「…………」
無理にでも息を吸い込み、脳へ酸素を送る。
心を落ち着かせ、冷静に思考する。
考えなければ。このあとの展開を。
いま俺は、この戦いで初めてフェリシアに予想の上を行かれた。
彼女が『冷刃《チリィブレイド》』のような近接攻撃用の魔法を修めているとは思わなかったのだ。
戦場において魔導士は普通、遠距離攻撃を受け持つものとして運用される。
特殊なケースを除き、近接距離《クロスレンジ》で用いる魔法を習得する者はまず居ない。
使いどころが限られているにもかかわらず、習得が難しく、扱いにもクセがあるのだ。
覚える手間に反してリターンが少な過ぎると言われる。
だがフェリシアはそれを修め、結果、それによって自らを危機から救ったのだ。
やはり超一流の魔導士と言えた。
だが、『冷刃《チリィブレイド》』は魔力消費もかなりデカい。

ましてフェリシアは二十本もの刃を生成したのだ。

それは俺の剣から逃れるために必要な判断だったが、結果、相当な魔力を使ったはずだ。

見れば、フェリシアの呼吸がやや浅くなっている。

『雷招《ライトニング》』、『火球《ファイアボール》』、『炎壁《フレイムウォール》』、『水蛇《スラムウィップ》』、『氷礫《フロストグラベル》』と来て、『冷刃《チリィブレイド》』だ。

魔力切れとは無縁なはずの彼女にも、疲れが見え始めているのだ。

その事実を前に、次の攻め方を構築しようと俺が頭を働かせ始めた時。

すぐ横にあった収容棟から、爆音が聞こえた。

「むっ？」

『灼槍《ヒートランス》』の音だろう。

収容棟に行った俺の仲間たちも、当然会敵する。

戦闘音が聞こえてくるのは自明のことだ。

この時俺は、収容棟を目の当たりにし、心のどこかに言い知れぬ感情を生じさせていたらしい。

ここは、ミアが囚われ、筆舌に尽くし難い無体に晒され、そしてその姉が命を散らした場所なのだ。

加えて、フェリシアへ剣を突き立てたことによる俺の心の乱れは、おそらく収まっていなかった。

俺の精神は、その奥底に惑乱を抱えたままだったのだ。

それらの理由により、俺の心で一時《いっとき》、緊迫感に間隙が生まれた。

心が戦場から乖離《かいり》してしまったのだ。

その結果、数秒であっただろうか、俺は、音があがった収容棟の方へ視線を取られてしまった。

「ッ!!」

俺は道を歩み始めたばかりの未熟者だ。

ミスも犯す。

だがそれにしても、あり得ぬ失態と言うべきだった。

フェリシアの方へ向き直った時、彼女は既に魔法の準備を終えていた。

彼女ほどの魔導士に数秒もの時間を与えたらどうなるのか。

次の瞬間、俺は後悔と共にそれを理解することになる。

「『凍檻《コキュートス》』!!」

「!!」

凍結系最強魔法！

そんなものまで！

俺を囲む、大きな青い立方体が出現する。

俺は外界と完全に遮断された。

「――――ッ!!」

思考している暇は無い。

行動を選択している暇は無い。

俺は立方体の面に向け、即座に煤の剣を振り抜いた。

がしゃりと音がして、立方体がはじけ飛ぶ。

外界に帰還した俺は、剣を地に刺して膝をついた。

「が……はッ……！」

魔法の発動から脱出まで、一瞬を数十分の一にした時間の中で行われた。

『凍檻《コキュートス》』は、あらゆる生命活動を停止させる空間に、対象を閉じ込める魔法だ。

あの立方体に閉じ込められた者は、即座に死ぬ。

俺は即座に死ぬ空間から、即座に脱出したのだ。

だが立方体が出現した時点で、魔法はその効果を発現させている。

俺の体は、死が完成する一歩手前までのダメージを受けていた。

「なるほど……こ、こうなるのか。『凍檻《コキュートス》』から生還したケースなど報告されていないから……これは貴重な事例だな……」

俺は努めて冷静に、自分に起きたことを分析する。

それとは対照的に、フェリシアは自失していた。

「あ……あ、あ……」

「フェリシア」

「わ、私、兄さまを……兄さまを」

「フェリシア」

俺は膝をついたまま、彼女に呼びかける。

フェリシアは真っ青な顔をしていた。

魔力の欠乏もあるが、それだけじゃない。

即死魔法を兄に対して行使したフェリシア。

その事実に、彼女自身が衝撃を受けているのだ。

「だ、だって、私……」

完全に戦闘の続行が不可能になっている。

そこへ呼びかけるのは利敵行為かもしれない。

だが俺は、妹に声をかけ続けた。

「フェリシア、聞くんだ」

「に、兄さま。私……私、今……」

「間違っていない。お前は、お前が守るべきものの為に戦え」

そう。どちらかが間違っているという話ではないんだ。

人は皆、自ら信じたものの為に歩むしか無いんだ。

「で……でも……」

「良いかフェリシア。家族や恋人と、思い描いた未来を作れれば最良だ。だが悲しいことに、誰もがそこへ至れるわけじゃない」

フェリシアはかたかたと震えている。

唇が色を失っていた。

「人には信じるものがあり、立ち向かうべきことがあるからだ。それに直面した時、人は戦うしか無い。……戦うしか無いんだ」

「わ、私はっ‼」

ぼろぼろと落涙するフェリシア。

改めて見れば、本当に整った顔立ちをしている。

こんなに美しい女《ひと》が俺の妹だとは。

「兄さまがっ……！　先に貴方が、兄さまをやめてしまったのに……！　私には兄さまが要るのに！　それを貴方がぁ‼」

フェリシアは、涙と共に絶叫を吐き出した。

何年も抱えていた思いを吐き出しているのだ。

「私はっ！　ずっと兄さまが……！　ずっと、いつも……！　それなのに……それなのに‼」

「進むしか無い。戦うしか無い。フェリシア、俺は…………敵だ！」

「あああああぁぁぁぁぁーーーー‼」

叫び声に応じるかのように、魔力がフェリシアの周囲で渦巻いた。

そして彼女の前に、赤黒い雷が集まり、ばしばしと音を立てる。

収束した雷は、その絶大なエネルギーで大気を震わせた。

「その雷は……」

「だったら！　だったら、もう……！　これでぇ‼」

『冷刃《チリイブレイド》』に『凍檻《コキュートス》』と、それだけでも俺は既に度肝を抜かれているが、彼女にはまだその上があったのだ。

初めて見るが、あの赤黒い雷《いかずち》は、王国全土でも使える者は殆ど居ないという超高難度魔法に違いない。

そして、俺の予測をなぞるようにフェリシアが叫ぶ。

幼いころの癇癪を思わせる、泣きはらした絶叫だった。

「『赫雷《イグニートスタブ》』!!」

フェリシアが放ったのは、絶対に回避不可能な熱線を撃つ魔法だった。

この魔法は、対象の体を標的化《マーク》し、確実にそこへ射線を通すのだ。

どちらへ逃れようと、熱線は必ず標的を撃ち抜く。

不可避の攻撃魔法だ。

すでに立ち上がっていた俺は、フェリシアの眼を見つめる。

そして赤い眼の奥にある、彼女の心を読み取る。

思考を加速させ、圧縮された時の中で、勝敗を分かつ心理戦を展開した。

そして、それはすぐに見つかった。

フェリシアの眼の奥にあったのは、甘い覚悟と悲愴《ひそう》な逡巡だ。

まだ戦い抜く覚悟には至れておらず、しかし眼前の戦いに背を向けることも出来ず、どっちつかずの思いに苦しんでいる。

彼女は、俺の頭や胸を撃ち抜くことは出来ない。
四肢のいずれかを飛ばして済ませることも出来ない。
狙ってくるのは、腹だ。
俺は煤の剣を、腹の前で横薙ぎに振り抜く。
過去最高の剣速だった。

ばしゅりと音が響き、赤黒い熱線が、斬り裂かれて消滅する。

舞い飛び、俺の周りに音もなく降る黒い煤。
絶対不可避の魔法が破られた瞬間だった。
「ぐ……！」
剣を振り抜いた後、全身に痛みが走った。
膝をつきそうになったが、何とか堪《こら》える。
やはり『凍檻《コキュートス》』のダメージは大きい。
外傷こそ無いが、回復には時間が必要だ。
いま攻められたら少しヤバい。
だがその危険は無さそうだ。
目を前にやると、フェリシアはわなわなと震えていた。

「あ……あぁ……」

絶対必中の『赫雷《イグニートスタブ》』をすら斬り捨てられたのだ。

フェリシアはもう、次の手が打てなくなっている。

いや、それだけじゃない。

「が……あぐぉ……ごぼぉ……！」

膝をつき、嘔吐《おうと》するフェリシア。

魔力を急に使い切ることによる魔力欠乏の症状が出ている。

彼女の魔力は、完全に底をついたのだ。

彼女が魔法のみならず、戦いというものをもう少し知っていたなら、違った展開もあっただろう。

崩しや駆け引きを含む攻撃の組み立てがあって、その中にあの熱線が組み込まれていたら、防ぐのは格段に難しくなっていたはずだ。

「おぶ……おごぉぉ……！」

だがフェリシアは『赫雷《イグニートスタブ》』を単発の攻撃として放ってきた。

だから俺は対応出来たのだ。

踏んできた場数の違いがこの結果に繋がったと言える。

もっとも、ここまでに受けたダメージは俺の方が大きい。

このまま戦闘が続くなら、まだ分からないが……。

「は………かはっ……！」

当然こうなる。

フェリシアは背を向けて、よろよろと走り出したのだ。

魔法を尽《ことごと》く斬られたうえ、魔力も使い切った。彼女にはもう、戦いようが無い。

騎士団の総隊長が、吐瀉《としゃ》物で身を汚し、敗走していくのだった。

「フェリシア……」

遠ざかる小さな背中に向けて、妹の名を呟く。

そして俺は、どしゃりと膝をついた。

未だダメージは抜け切らず、彼女を追うことが出来ない。

そのことへの安堵が、俺の中には確かにあった。

それだけではない。

近接戦闘に持ち込んだ時、フェリシアの『冷刃《チリィブレイド》』に手間取り、俺の剣は彼女の肩口を浅く捉えるに留まった。

だが俺は、本当に手間取っていたのだろうか。

氷の刃は二十本にも及んだとは言え、俺にとっては決して難しい状況ではなかったように思う。

あの時、本来なら俺の剣は、より深くフェリシアの体を捉えていたのではないか。

「……どうなんだロルフ。大逆の煤《アルガ》まみれよ………」

見えなくなっていく背中を見つめながら、俺は自問していた。

◆

正門を突破した私たちは、その先の広場で領軍と激突していた。

「リーゼさん！　負傷者は退がりました！」

「了解！　残った皆は第七部隊と連携して！」

部下に指示を出す私へ、目の前の男が襲いかかってくる。

その手にあるのは、斧槍《ハルバード》という長柄の武器だ。

「よそ見か黒豚！　舐《な》めるなァ！」

「こいつ……！」

人間が魔族を指して言う蔑称には色々あるが、黒豚呼ばわりされたのは初めてだ。

乙女の私としては、さすがにカチンとくる。

コイツは絶対に鼻を叩《たた》き割《わ》ると心に決めるのだった。

「逃がさんぞ黒豚！　そこだ！」

「つっ！」

でも、この男は手強い。

兵力に勝り、優位に戦いを展開する私たちだったが、敵の中に混ざっているザハルト大隊には手を焼いていた。

特に、目の前に居るコイツは頭一つ、いや、みっつ抜けてる。

槍と斧と鎌を組み合わせた武器、斧槍《ハルバード》を巧みに操っての攻撃はかなり危険で、並の兵では一息に薙《な》ぎ払《はら》われてしまう。

私が単身、対処するしかなかった。

「やぁっ!!」

遠間《とおま》から、双剣の間合いに持ち込もうと踏み込んでいく。

しかし男は斧槍《ハルバード》で阻み、そのまま柄でかちあげてきた。

「おら！」

「あぐっ！」

顎を強《したた》かに打ちつけられ、視界が揺れる。

私は後ろへ跳んで再び遠間《とおま》に下がり、追撃を避けた。

「黒豚がドタバタとよく逃げ回る。戦う気あるのか？」

「く……！」

コイツは、ロルフが交戦したウルリクという男に違いない。

見ていた兵が両拳を握りながら語った話によると、あのシグムンドという男と二人がかりだったらしい。

にもかかわらず、ロルフはシグムンドの剣を叩き折り、このウルリクに手傷を負わせたのだ。

ザハルト大隊が割り込まなければロルフが勝ち切っていたと、兵は熱を露わに伝えていた。

でも私が見る限り、この男には隙が無い。

ロルフがどうやったのか、皆目見当がつかなかった。

やはり彼は一段も二段も高い場所に居るらしい。

とは言えこの先、足手まといにはなりたくない。

この男に一対一で後れを取っている場合じゃないのだ。

負けるわけにはいかない。

双剣を握りしめ、ここまでの日々を思い出す。

正直なところ、族長の娘としての日々にはストレスもあった。

世襲制じゃないから私が族長になるってわけじゃないんだけど、でも私は父さんに似てそこそこデキる奴だったらしく、皆はやたらと私に期待した。

特に戦いに関しては子供のころから非凡と言われた。

個の戦闘力に長け、優れた戦術眼も持っていると褒めそやされた。

女の子である私としては、そんなことを言われても別に嬉しくない。

でも族長の娘として、義務感を感じていた。

何より皆が命がけで戦っているのに、知らんぷりは出来なかった。

子供のころから知ってるベルタやフォルカーをはじめ、私の大切な人たちが戦っているのだ。

戦う力を持たない皆も、その日々を脅かされているのだ。

喪いたくない。

だから戦いに参加し続けた。

エルベルデ河への遠征にも加わった。

そのエルベルデ河で戦った人間には、衝撃を受けた。

その男は誰にも防げなかった私の剣を阻み、逆に目の覚めるような剣閃《けんせん》を見せてきたのだ。

その戦場には、王国最強と名高いエステル・ティセリウスも居て、実際彼女はとんでもなく強かったけど、私の興味を惹《ひ》いたのはその男だった。

だって男は、ぼろぼろだった。

傷だらけで血まみれで、立っているのもおかしい状態だった。

それなのに剣を手に戦い、そして私に勝ったのだ。

私は、自分がまだ本当の本気じゃなかったと思い知らされた。

こんな世界で何かを守りたいと思うなら、ああいうレベルにまで行かないとダメなんだ。

それから私は、更に真剣になった。

戦う力を磨き続け、三年後には一軍を任されるまでになったのだ。

でも、まだ甘かった。

三年ぶりに会ったその男、ロルフは、更に強くなっていた。

私との差はむしろ開いていた。

でもそこに嫉妬する暇なんて無かった。

ロルフと再会してまだ五日しか経ってないのに、その五日は怒濤《どとう》の日々だったのだ。

ヘンセンで二千からの領軍を倒し、バラステア砦を奪取。
領都アーベルに残る領軍をおびき出して破り、領都内へ侵攻。
辺境伯は死に、今は残る領軍との決戦に及んでいた。
このストレーム領を王国から切り取る寸前まで来ている。
何年、何十年かけてもまるで到達出来なかったところへ、五日で辿《たど》り着《つ》いた。
五日前は、こんな状況、まるで想像してなかった。
ロルフが現れて、すべてが動き出したのだ。
ロルフは、この戦争を終わらせようとしてる。
本気で王国を倒そうとしてる。
私は彼に置いて行かれたくない。
それを考えながら、喪ってしまった母、ベルタを想《おも》う。
死の瞬間、彼女の眼は私に何かを託していた。
彼女は私に、子供たちを頼むと願ったに違いない。
あの子たちの未来を守るために。
戦いを終わらせるために。
必要なのは覚悟だ！
託されたものを、守り抜く！
置いて行かれること無く、戦い抜く！

私は決意を燃やし、双剣を振りかぶる。

そして目の前の男に向け、全力で投擲《とうてき》した。

「!?」

ウルリクは、飛来する双剣に驚いたようだ。

でも腹立たしいことに、やはりコイツは一流だった。

斧槍《ハルバード》を振り、その柄で双剣を二本とも防いでしまった。

がきん、がきんと、渾身《こんしん》の投擲を撥《は》ね返す音がする。

「はん！」

勝ち誇ったように鼻を鳴らすウルリク。

でもコイツは三本目のことを予想出来ていなかった。

それは私自身だ。

目の高さまで跳躍して飛び込んでくる私を見た時、ウルリクの表情は呆気に取られたものになっていた。

これでも豚と言える？

すぐさま斧槍《ハルバード》で打ち払いに来るが、私はもう斧の刃の内側へ入っていた。

そして斧槍《ハルバード》の柄に手をあて、滑るようにウルリクへ肉薄していく。

「がふっ!?」

両足をウルリクの顔面に叩き込んだ。

乾坤一擲《けんこんいってき》ドロップキック。

ウルリクの鼻を叩き割る感触が、靴底から伝わってくる。

そのまま仰向けに倒れていくウルリク。

私もそれを追い、覆いかぶさるように倒れ込む。

同時に、空中で回転していた双剣の一振りをキャッチした。

そして、それをウルリクの胸に突き立てる。

「はあぁぁぁぁぁっ!!」


――――どかり!


倒れながら、ウルリクの胸を地面に縫いつけた。

彼の吐いた血が、私の頬にかかる。

「がっ……か、は……」

握っていた手を力なく開くウルリク。

そこから、彼が頼りにし続けた斧槍《ハルバード》がごろりと転がり落ちる。

彼は私を睨みつけたまま何事かを言おうとしたが、言葉を発することは出来ず、そのまま息絶えた。

それを見届けてから私は立ち上がり、頬の返り血を手の甲で拭う。

一拍おいて、周囲から歓声があがった。

「やった！　やったぞ！　リーゼさんが斧槍《ハルバード》使いを倒した！」

「やはり頼りになる！」

「まるで水牛のようなド迫力だ！」

三人目のヤツの顔を憶えつつ、私は戦場を見渡した。

他にもザハルト大隊の者は居るけど、必ず多対一であたるよう、皆には徹底させている。

それに、このウルリクほど危険な敵は、もう見当たらない。

残る問題は捕虜の救出と、敵将であり且《か》つこの戦場で最も危険な敵、エストバリ姉弟だ。

ウルリク一人にこれほど苦戦した私が、エストバリ姉弟に勝てるかというと厳しいだろう。

でも、今はこっちにも凄い奴が居るんだ。

私たちはきっと勝てる。

今日、歴史が変わる。

そのためにも、私は私の仕事をやり遂げなければ。

そう思い、再び戦場に向き直るのだった。

◆

男はその名をホルストと言った。

ヴィリ族の兵であり、部隊長を務める腕利きだ。

今は捕虜救出の任にあたっていた。

収容所内で大規模な戦闘が展開されているため、捕虜が囚われている収容棟は敵の姿もまばらだ。

ホルストと仲間たちは、牢番《ろうばん》を倒して鍵束を奪い、首尾よく捕虜の救出に至っていた。

捕虜の数は二十余名であった。

衰弱し、歩けない者も居るため、同行した回復術士が回復魔法を施す。

その間、ホルストは捕虜たちの顔を見まわした。

皆、民間人だ。

奴隷として売られたり、死んでしまう者も多い中、よくこれだけ生き残っていてくれたと、彼は思った。

だが同時に、落胆に肩を落としてもいる。

ホルストには弟が一人居た。

マルコという名で、同じく兵士だった。

しかし半年前の戦闘で領軍に囚われてしまったのだ。

部隊長を務めるホルストと違い、気弱で兵としてはやや頼りない弟だった。

兄貴みたいに強ければ良かったんだけどね、とよく言っていた。

その弟は、ここに居なかった。

半年も経っている以上、まだここに居る可能性は低いと分かっていた。

だが、実際に居ないと分かると、やはり心は沈む。

戦争奴隷としてどこかに売られていればまだ良いが、ここで命を落とした可能性も低くないのだ。

脳裏に弟の、マルコの顔が浮かぶ。

「マルコさん……？」

捕虜の一人、壮年の男が話しかけてきた。

ホルストが驚いて顔を上げると、男ははっとした表情を作り、それから俯いた。

「あ、いや、そんなわけ無いか。すみません、よく似てたもので……」

「自分はマルコの兄です。貴方は弟を知っているんですか？」

「お兄さん……。そう、ですか……」

男は言《い》い淀《よど》む。

ホルストは察してしまった。

「……教えてください。マルコはどうしました？」

「………亡くなりました」

半ば覚悟していたことではあった。

それでも、その言葉を聞いた途端、視界がぐにゃりと歪《ゆが》み、ホルストは倒れそうになる。

しかしここは戦場で、自分は兵士なのだ。

それを思い、なんとか踏み留まるのだった。

弟。

弟よ。

気弱で、子供のころは泣いてばかりいた弟よ。

それでも正しくありたいと、兄と同じ兵士の道を選んだ弟よ。

ホルストは溢《あふ》れそうになる涙を堪《こら》えていた。

そこへ、捕虜たちが何人か集まってくる。

「マルコさんの……？」

「本当、そっくりだ」

「あの、僕、マルコさんのおかげで……！」

「……？」

ホルストには状況がよく分からない。

壮年の男に視線を向けると、彼は言った。

「皆、マルコさんのおかげで生き延びることが出来たんです」

この収容所でのマルコについて、男は教えてくれた。

それはごく単純な、だが余人にとって為しがたいことだった。

マルコは、皆のために努めて明るく振る舞い、希望を与え続けたのだ。


――――よし！　次の牢番があのてっぺんハゲの奴だったら百ポイントな！

――ああ、あの集落の！　俺フラれたんだよ昔！

――なぁに！　生きてさえいればどうとでもなる！

――いやいやいや！　あいつはてっぺんハゲじゃないって！　別の奴！

牢番が居なくなるタイミングで、マルコは周りの房の者たちへ、しきりに話しかけた。
いつも明るく、これ以上ない笑顔だった。
応える者が居なくても、語りかけ続けた。
望みを失くして沈んでいた者たちも、次第に応えるようになっていった。
自身が病を得て、衰弱しても、常に笑顔を崩すことは無かった。
最期まで、皆へ勇気を与え続けたのだ。
「彼が居なければ、僕らはとっくに諦めていたと思います」
ホルストは、弟が自分などより遥かに強かったことを知った。
こみ上げる思いが涙となって零れ落ちていくのを止められない。
弟は意味ある戦いに身を投じ、人々を守ったのだ。
そしてホルストは、弟が守った人たちを必ず家に送り届けると誓った。
弟が自らに課した使命を、兄である自分が引き継ぐのだ。

「ホルスト、回復終わったぞ！」

「よし、行こう！」

捕虜たちの回復処置が済むと、ホルストたちは脱出に向け動き出した。

だがそこへ、炎の槍が飛来する。

「伏せろ！」

ホルストが叫び、皆を伏せさせる。

その頭上を通過した『灼槍《ヒートランス》』が、壁に爆ぜて轟音《ごうおん》をあげた。

「逃がすか！　魔族どもめがァーーー！」

「捕らえて人質にするぞ！　手足をもいででも捕まえろ!!」

「こ、こいつらを盾にすれば俺たちだけでも逃げられるんだ！　急げ!!」

ホルストたちの視線の先には、幾人かの領軍兵が居た。

捕虜を人質にするために来たのだ。

それにより、今や敗色濃厚な戦場から逃れようとしているらしい。

彼らは指揮系統から外れ、独断で行動しているようだ。

明らかに判断力を失っていた。

いよいよとなれば捕虜を殺すことも厭わないであろうことが、その血走った目から見て取れる。

追い詰められた者たちが激発して捕虜を害する可能性に、ロルフは言及していた。

これがそうか、とホルストは思い至る。

戦闘中に捕虜を救出に来た判断は正しかったのだ。間一髪であった。

いや、そう考えるのは皆を無事に脱出させてからだ。

見ていろマルコ！　俺も戦う‼

胸中で弟へそう叫び、ホルストは領軍兵へ飛びかかっていった。

◆

「はぁ……はぁ……。よし、東側の通用口へ向かうぞ」

ホルストたちは領軍兵に勝利し、収容棟を脱出していた。

敵の数は五名で、ホルストたちと同数だった。

捕虜を守りながらの戦闘である点では不利を強いられたが、敵は判断力と統率を失っていた。

対してホルストらは選抜された精鋭であり、連携も確認済みだ。

結果、彼らは負傷しながらも死者を出すことは無く、通用口へ向かっていた。

「それにしても、まさか領都にまで助けが来てくれるとは」

捕虜の一人がそう言った。

さっきの壮年の男だ。

マルコのおかげで希望を捨てずに生き永らえてきたが、助けが来る展開は予想していなかった。

彼はそう言う。

当然だろう。
ここは敵国の領内。強固な砦に阻まれたその向こう、領都の中にある収容所だ。
ここまで味方が来るなんて、まず考えられない。
ホルストも、つい先日までそう思っていたのだ。
それがたった五日で、こんなことになっている。
一人の人間が現れてからだ。
その人間、ロルフの戦う姿を思い出す。
さっき正門の戦いで見たそれは、決意ある者の剣だった。
本気で剣を修めてきたホルストには分かる。
ロルフの剣は、くだらない者では絶対に至れない領域にあったのだ。
領都の人間たちがマルコを殺した。
人間への憎しみを抑えることは出来ない。
だが、ロルフのような者も居る。
あのような者も居るのなら、人間すべてを憎まずに済むかもしれない。
しかし、そんな彼の思いを皮肉るように、憎むべき種類の人間たちが眼前に現れた。
通用口を囲むように待ち構える領軍兵たちだ。
「逃がさんぞお前ら……！」
「く！」

ホルストは歯噛みした。

敵はさっきと同じ五人。

だが味方は戦闘を経て疲弊している。

そして今度は遮蔽物の無い屋外だ。捕虜を守りながら戦うのはかなり難しい。

あの通用口の向こうから味方が突入し、挟撃になってくれれば、と願う。

だがそう簡単にいくはずも無い。

そう考えるホルストの視線の先で、その通用口が、ばかりと蹴破られる。

そして外から一人の人間が入ってきた。

何故向こうから人間が⁉

驚愕し、絶望に囚われるホルスト。

だが次の瞬間、それが見覚えのある人間であることに気づいた。

「えっ⁉」

短い声をあげる領軍兵を、その男――――シグムンドは斬って捨てた。

それを見て、残り四人の領軍兵が声を張りあげる。

「ど、どういうつもりだ‼」

「ザハルト大隊の者だろう⁉　ここでの裏切りは王国への反逆だぞ‼」

「ああ⁉　王国が俺を裏切ってんだよ！」

正しいのは自分で、国全体が自分を裏切ったのだと言いたげな台詞。

傲慢な言い様に、ホルストは呆気に取られる。

それをよそに、領軍兵たちはシグムンドに斬りかかっていった。

「貴様ァーー!!」

「い、いかん！」

近すぎる！

ホルストは焦燥を露わにする。

通用口から入ってきた時点で、シグムンドは五人に囲まれていた。

機先を制して一人を倒したが、なお四人の敵が居るのだ。

そして四本の剣が、一斉にシグムンドへ向けられている。

間に合わぬとは思いながらも、必死の形相で駆け出すホルスト。

「ぶげ!?」

次の瞬間、間の抜けた声をあげて吹っ飛んだのは、領軍兵だった。

シグムンドが、剣の柄を顔面に叩き込んだのだ。

領軍兵は、鼻骨を折られ、歯を零しながら地面を転がり、そして昏倒《こんとう》した。

それと同時に、別の兵が斬られる。

「ぐぁっ!?」

囲まれている状態から、瞬く間に二人の敵を倒したシグムンド。

そして残る敵がたじろぐ隙に、彼は更に剣を振り入れた。

「うるぁっ！」

力ある一閃《いっせん》で一人を倒す。

そして、もう一人の敵が振り下ろしてくる剣を、振り上げの剣で撥ね返し、そのまま一撃を見舞った。

「かっ……！」

領軍兵は、どさりと倒れる。

数秒のうちに敵たちは掃討されてしまった。

シグムンドの強さを目にし、ホルストは言葉を失っている。

焦って割って入ろうとする必要など無かったのだ。

だが、そのことを恥ずかしく思う前に、割って入ろうとした自分を意外に感じていた。

シグムンドは人間だ。ホルストは、人間を守ろうとしたことになる。

「ちっ！　ジジババまで居るじゃねえか」

そのシグムンドが舌打ちしながら言う。

そして親指で通用口を指した。

逃げろと言っているのだ。

頷いて、一同は動き出す。

それを見ていたシグムンドは、殿《しんがり》のホルストに声をかけた。

「おい、あいつ……ロルフはどうした？」

「あ、ああ。戦っている。敵にはまだ危険な者が居るからな」

ホルストは、さっきの若い女魔導士を思い出す。

おそらく只者《ただもの》ではないだろう。

そして、なお健在のエストバリ姉弟。

未だ強敵たちが戦場に残っている。

「そうかい」

「救援へ？」

魔族の子供を助けるために敵陣へ飛び込んできた男だ。

更に捕虜の救出を手助けし、国への叛意《はんい》まで口にしている。

このまま味方として戦場に馳せ参じても不思議ではないとホルストは思った。

「いや、行かねぇ。あいつなら大丈夫だろ。多分だが」

「そうか」

先の戦いで、彼はロルフと戦ったらしい。

そのことを思い出し、ホルストはどこか得心した。

剣を合わせた者にしか分からない何かがあるのだろう。

いずれにせよ、自分が手を出せる領域の戦いではない。

だが、自らの使命は達成出来た。

弟と協力し、捕虜を救出したのだ。

あとは仲間を信じるのみ。

それを思って収容所を後にしようとしたその時、ホルストの耳が不快な足音を拾った。

領軍兵たちの足音である。

「逃がさんぞ貴様らァァ！」

新たな追手が八人、収容棟の方から走ってくる。

いずれも、目が憎悪に血走っていた。

「さっきより多いぞホルスト！」

「急げ！　ここから離れるんだ！」

捕虜たちを外へ逃がそうとするホルストたち。

だが、通用口から出て味方と合流しようとしても、敵たちはもはや虜囚を殺すためにだけに追ってくるだろう。それが分かる表情をしていた。

逃げる捕虜たちの背を守り、敵を食い止めねばならない。

「俺が殿を務める！」

「俺だっつーの。とっとと出てけ」

ホルストの言葉に被せるように言い、シグムンドが前に出た。

その姿を見て、仲間が捕虜たちを守りつつ、通用口へ向かっていく。

何人かは、シグムンドに向け小さく礼を言っていた。

ホルストは、シグムンドの背を見つめる。

「ホルスト、行こう！」

「いや……皆は行ってくれ。捕虜たちを頼むぞ」

「え!?」

そう言って、ホルストは踏み出す。

そしてシグムンドの横に並び立った。

「あん？　何してんだテメェ」

「たぶん、あんただけで何とでもなる状況なんだろうが……」

しかし、敵は八人も居るのだ。万が一ということもある。

それなら自分は、残って戦いたい。戦うべきだ。

胸の奥で、何かがホルストにその思いをもたらしていた。

彼はつい先ほど、収容棟からの脱出の際、ロルフを思い出し、人間すべてを憎まずに済むかもしれないと考えていた。

シグムンドが囲まれた時は、彼という人間を守ろうとして駆け出した。

今、自分の中に、とても貴重な何かがあることを、彼は知らない。

だが、自身の胸中に萌芽《ほうが》したそれを、決して潰してはならないと感じていた。

決して手放してはならない何かを掴みかけていると、そう感じていた。

そして突き動かされるように、ホルストはここへ立つのだ。

両手にしっかりと剣を構えて。

「自分はきっと、少しは助けになれる」

決意ある瞳と言葉。

それらを持つホルストを横目に、シグムンドは言った。

「はあん。まあまあ良い根性じゃねえか」


――――俺もそう思うよ、兄貴。

ホルストの耳に、その声は確かに聞こえた。

◆

領軍兵と傭兵が十余名、横たわっている。

俺が斬り伏せたのだ。

ここの防備は若干厚かった。やはり敵将はこの上に居るのだろう。

そう考えながら、俺は監視塔を見上げた。

『凍檻《コキュートス》』のダメージは未だ残るが、戦えるほどには回復している。

俺は仲間たちを信じて捕虜の救出を任せ、敵将を討つべくこちらに来ていた。

このままエストバリ姉弟を討って終わらせる。

そう考える俺の目に、二人の男女の姿が映った。

監視塔から悠然と下りてくる若い男女。

二人とも槍を持っている。

どうやら向こうから来てくれたようだ。

「はじめまして。私はヴィオラ・エストバリ。こっちは弟のテオドルよ」

「俺はロルフ。勇名轟く貴方たちに会えて光栄だ」

本音だった。

戦いを生業とする者で、エストバリ姉弟を知らぬ者は居ない。

そんな二人に会えるのは喜ばしいことだ。

敵としてでなければ、なお良かったが。

「一応尋ねるが、降伏の意志は無いだろうか。すでに領軍は半壊している」

一見して強者であることが分かる姉弟。

その姉、ヴィオラに俺は尋ねた。

「無いわね。貴方の首を獲《と》れば、まだ何とかなると思うし」

「大逆犯の首を中央への土産に？」

「そういうこと――」

ヴィオラの台詞から語尾が消えた。

一瞬で距離を詰め、槍の穂先が俺の胸へ伸びてくる。

恐るべきスピードだった。

煤の剣でガードし、槍に纏われた魔力を消し去ったうえで反撃に転じる、という手段は採れない。

ヴィオラの槍はガードさせるのが目的で、本命はその後ろから来ているテオドルの槍だからだ。

「つっ！」

俺は半身《はんみ》になってヴィオラの槍を躱す。

槍との距離を十分に取ることが出来ず、その槍に纏われた魔力が俺の胸を少し抉っていった。

だが、このダメージは織り込み済みだ。

俺はヴィオラの横を通過しつつ、その後方のテオドルに向け、剣を下段に構える。

「！」

テオドルが察し、横合いへ跳び退った。

ヴィオラも跳び、その横へ並ぶ。

あのまま突っ込んで来たらカウンターを叩き込めていただろうが、さすがに向こうも反応が速い。

「姉さん、この男……」

殆どの者は、ヴィオラの槍をガードした瞬間にテオドルの槍で刺し貫かれるのだろう。

それを躱し、カウンターを企図した俺へ、テオドルが警戒を露わにする。

「初見で私たちの連携に反応出来るとはね。それとも、どこかで見たことがあるのかしら？」

「さあ、どうだったかな――」

今度は、俺が最後まで台詞を言えなかった。

再びヴィオラが踏み込み、下段へ槍を突き入れてきたのだ。

だが、さっきと違い、これは躱させるのが目的だ。

横に避けたところで、テオドルの攻撃が来るのだろう。

俺は剣でヴィオラの槍を払いつつ、後方へ大きく跳んだ。

攻撃の機会を失ったテオドルが、ヴィオラの後ろで驚く。

「やはり彼は僕らの連携を見たことがあるんじゃ？」

「いえ、どうやらこの場の判断力で対応してるわ」

そう答えるヴィオラの目つきが変わった。

本気になったようだ。

彼女は腰を落とし、槍を強く握り込んだ。

『嵐渦槍《ロアードストーム》』

その透き通るような彼女の声とは対照的に、激しい暴風が槍を中心に渦巻く。

風の魔法付与《エンチャント》だ。

ヴィオラが手にする槍は、すべてを引き裂く恐るべき魔槍へと、その姿を変えた。

「はぁっ!!」

離れた間合いから、ヴィオラが槍を突き出す。

するとその槍から、渦を巻いた暴風が地面を抉りながら突っ込んできた。

「くっ！」

横へ転がって大きく躱す。

そこへ突き込まれてくるテオドルの槍。

金属音が、がきんと響いた。

「これにも反応するのか……！」

剣で防いだ俺に、テオドルが歯噛みする。

彼も、さっきまでとは全く違っていた。

踏み込んでくる速度が段違いなのだ。

間違いなく、魔力による身体《からだ》強化だった。

そこへ、轟々《ごうごう》と唸《うな》りをあげながら竜巻が襲いくる。

再び襲来する、刃の群れのような暴風。

大きく跳び退って躱すが、躱した先にテオドルが突っ込んでくる。

「せぁっ!!」

「そう何度も！」

俺は槍を剣で払い、そのまま下段斬りを繰り出す。

だが、そこには既にテオドルの姿はなく、遠い間合いへと下がっていた。

教科書どおりのヒット&アウェイだが、スピードがとんでもない。

どうやらこれが、エストバリ姉弟の戦闘スタイルであるようだ。

ヴィオラが牽制し、テオドルが本命を突き入れてくる。

さっきまでと同じだが、本気になることで、すべての攻撃が大幅にレベルアップしていた。

「……私の竜巻を躱した先で、テオドルのスピードにも反応出来るのね。そう居ないわよ、そんな人」

まず竜巻と超スピードの連携攻撃を仕掛けてくる奴がそう居ないんだけどな。

しかし、どうしたものか。

出来れば頭を先に潰したい。
戦いをコントロールしているのは、やはりヴィオラだ。
先に彼女を叩けば、かなり優位に立てる。
だがあの竜巻に阻まれて近寄れない。
魔法で作られた暴風は凄《すさ》まじい威力で、彼女の魔力の強さが見て取れる。
まともに食らえば、俺は一瞬で切り刻まれてしまうに違いない。
竜巻に気を配りつつ、テオドルのスピードに対処し続けるのは骨だ。
一つでも判断を誤れば、俺は即座に死ぬだろう。
「これほどの相手には、なかなかお目にかかれないわ。貴重な機会と言うべきね」
「加護なしと侮ってもらった方が楽なんだがな」
「お生憎《あいにく》さま」
薄く微笑むヴィオラ。
俺を認めつつも、自分たちの優位を確信している表情だ。
ただ、俺にとって僥倖と言える点もある。
相性は悪くないのだ。
姉弟が攻撃の起点にしているあの竜巻。
凶悪極まる暴風には、普通なら対処に窮するところだ。
だが俺にとってはそうではない。

俺はあの竜巻を斬れるのだから。

暴風を斬り裂いて敵へ肉薄してしまえば、勝機を作れるだろう。

だがエストバリ姉弟は疑いようの無い戦巧者《いくさこうしゃ》。

俺が魔法を斬れるという点は、間違いなく戦術面に考慮されている。

そして敵の読みどおりの動きをしてしまえば、俺はたちまちテオドルの超スピードに捕捉されてしまうだろう。

彼は、俺が竜巻に向けて剣を振り上げる瞬間を、おそらく待ち構えている。

そうなると、テオドルを先に狙うべきか。

逆こちらが動きを読み、突っ込んでくるところにカウンターを合わせたい。

それには、やはりあのスピードが問題だ。

タイミングを少しでも間違えれば、俺は槍に刺し貫かれる。

落ち着いて、冷静に、二人の動きを見て対応するんだ。

だが俺を落ち着かせまいとするように、またも激しい風音が耳朶《じだ》を打つ。

唸りをあげ、凄まじい暴風が三度《みたび》襲ってきた。

この攻撃は、おそらく横へ躱させようとしているものだ。

俺は敢《あ》えてそれに乗った。

剣を下段に構えながら、横へ跳ぶ。

そしてそれと同時に、目の前へ剣を繰り出した。

「!!」

そこへ跳び込んで来ていたテオドルが驚愕の表情を浮かべる。

このタイミングで正解だったようだ。

そのまま俺は振り抜こうとする。

だが。


――――――轟《ごう》。


暴風がまたもや襲い来る。

こうも早く二の矢を放てるとは！

今度は俺が驚愕に見舞われることとなった。

俺は体勢を崩しながらも転がって躱し、テオドルから離れて剣を構え直す。

今の攻撃は予想外だった。

回避が一瞬でも遅れていればヤバかっただろう。

背筋を冷や汗が伝う。

「姉さん、ごめん」

「大丈夫よ。あなたは私が必ず守る。絶対に、奴の剣をあなたには触れさせない」

「うん。信じてるよ」

この二人には強い信頼関係があるようだ。
だからこそ、優れた連携が可能になっているのだろう。
さすが王国中に名を轟かせるエストバリ姉弟。
そしてヴィオラは、弟を気遣う声とはトーンを変え、俺に語りかける。
「疲れているようね？　だいぶ汗をかいてるわよ」
「美人を前に緊張しているだけだ。気にしないでくれ」
「その手の台詞を言い慣れてないのがバレバレよ。無理しないことね」
ああ、そのとおりだ。
余裕をアピールすべく言ってみたが、あっさりと看破されてしまった。
彼女の言うとおり、俺は消耗している。
だが、それが何だというのだ。
これは武芸試合ではない。
万全な状態で戦いに臨める方が稀《まれ》というもの。
兵法書にある。
剣砕け矢尽きようとも絶念するべからず、と。
そして幸いにも、俺の手にあるのは決して砕けぬ剣だ。
皆、今も戦っている。
終わりが遅れれば遅れるほど、一人、また一人と仲間が斃れてゆく。

泣き言を言っている場合ではない。

消耗しているなら、魂に火をくべて、より力を絞り出すまで。

そして俺が将を討って終わらせるのだ。

「ふぅー……」

一方で、熱くなるばかりでは駄目だ。

魂を燃やしつつ、頭では冷静に突破口を探すのだ。

そしてこの時、俺の胸中に何かが残っていたらしい。

糸口を探すべく会話を試みる俺の口をついて出たのは、先ほど剣を突き立てた妹の名だった。

「………フェリシアが……妹が世話になったようだな」

「……そう、会えたの。良かったじゃない」

「…………？」

いま彼女は何と言った？

おかしなことを言わなかったか？

「でもやっぱり、貴方は説得に応じなかったのね。それで彼女はどうしたのかしら？」

俺とフェリシアが交戦したことを知らないのか？

そんなことがあるのか？

監視塔からは収容所全体が見えるはずなのに。

いや、全体が見えるからと言って、すべての戦闘を把握出来るわけではない。

俺を重要視してはいただろうが、正門側の戦いは激戦だったのだ。

そちらの指揮に注力せざるを得ず、収容棟側で俺とフェリシアが会敵したことに気づかなかったのか？

終わってみれば、俺とフェリシアの戦いは短時間のものだった。

ヴィオラもテオドルも共に気づかなかったという可能性は、確かにあるかもしれない。

それとも本当は戦いを見ていて、俺を騙《だま》そうとしているのか？

判断に迷うところだ。

そう考え、俺はヴィオラを凝視した。

表情、瞳の揺れ、息遣い。

それらを注意深く観察する。

………俺が見る限り、嘘は見当たらない。

やはり彼女たちは、俺とフェリシアの戦いを見ていないのではないか？

賭けにはなるが、ここは……。

「どうしたの？　無口な男がモテると思ったら、大間違い――」

ヴィオラが言い終わる前に、俺は彼女に向かって真正面から駆け込んでいく。

「……!?」

一瞬、困惑するヴィオラ。

俺の行動は予想外のものだろう。

正面から真っすぐ突っ込んでくるなど、竜巻の餌食にしてくださいと言っているようなものだ。

「はぁっ!!」

ヴィオラは一流の傭兵だ。

困惑したまま行動の選択を見送るような真似はしない。

彼女はすかさず槍を突き出し、暴風を発動させた。

凶悪な魔法の竜巻が俺へ襲いかかる。

俺は、領都での戦いにおいて、フェリシア戦以外では一度も魔法を斬っていない。

シグムンドとウルリクを相手にした時も、ウルリクの障壁を斬りはしたが、魔法を斬ってはいない。

エストバリ姉弟は、俺が魔法を斬れることを知らないのだ。

巻き込む者を骨ごと切り刻む常識外れの暴風が、正面から飛来する。

俺はそれへ向けて突っ込みながら、煤の剣を上段に構え、そして振り下ろした。

ひゅごうと何かが収束するような音を残し、一瞬で消え去る竜巻。

その光景に、姉弟が目を見開く。

ただでさえ、俺が竜巻を消し去って正面から斬り込んでくる可能性を、ヴィオラはまったく考慮していなかった。

そして剣で魔法を斬ることが、相手の自失を誘えるほどに衝撃的であることを、俺はフェリシア戦で学んでいたのだ。

姉弟の自失はごく一瞬のことだった。

そう、一瞬。ほんの一瞬だ。

だが確かに、姉弟は理解出来ない事態に直面して思考力を失った。

その一瞬を俺は逃さなかった。

彼らの意識に間隙《ブランク》を作り、そこへ滑り込む。

俺はそれに成功したのだ。

そしてヴィオラに肉薄した俺は、再度剣を振る。


――――斬撃の感触が、ざくりと手に響いた。


胸から血を噴き上げながら両膝をつくヴィオラ。

テオドルに顔を向け、目を合わせる。

「……テオドル……ごめ……ん……」

それを最期の言葉に、彼女はどさりと倒れた。

次の瞬間、俺へ向けてテオドルの槍が突き込まれる。

それを避け、俺は後ろへ跳んで距離を取った。

テオドルの槍は攻撃というより、俺をヴィオラの亡骸《なきがら》から引き離すためのものであったように見える。

それからテオドルは、動かなくなった姉を無言で見つめ、そして咆哮した。
「う……ああぁぁぁぁぁーーーー!!」
がきり。
剣と槍が音をあげてぶつかった。
テオドルの槍は目の前に来ていた。
一瞬で踏み込んで来たのだ。
それを防ぎ、こちらも攻撃に転じる。
がきんがきんと甲高い音が幾度も響いた。
剣と槍が火花を散らす。
テオドルの槍捌きは巧みだった。
怒りに我を失ったかに見えたが、そうではないようだ。
そのまま十合、二十合と斬り結び、互いに息が続かなくなったところで後ろへ跳んだ。
間合いを測り直しつつ、呼吸を整える。
肺活量には自信があったが、向こうには魔力による身体強化がある。
この点は互角のようだ。
「はぁっ……はぁっ……」
テオドルも呼吸を整えている。
そして姉の仇《あだ》を睨みつけていた。

「……僕たちは、命の奪い合いをしている。君はそれに勝った。それだけだ」

「…………」

「姉さんは、敵への憎悪なんて非建設的だと、よく言っていた。戦場で怒りに囚われてはいけないと」

そう言って、テオドルは歯を食いしばり、顔を震わせる。

槍を握る手には、見るからに力がこもっていた。

「……でも!!　僕は君への怒りを抑えることが出来ない！　君の心臓に槍を突き立てなければ、どうにかなってしまう!!」

「ああ……分かるよ」

胸を掻き毟りたくなるほどの感情の暴発。

俺はそこまでのものを経験したことは無い。

だが、そういうものが有るということは理解出来る。

とりわけ戦場という場所にあっては当然だ。

「君に……分かるものか！」

そう言って、再び跳びかかってくるテオドル。

分かるものか。

その言葉が俺の胸中に反響した。

確かに俺は肉親を喪ったことは無い。

それどころか、肉親と戦うことを選んだ人間だ。
だが、喪った人たちを知っている。
喪ってなお、進もうとしている人たちを知っている。
その人たちの心情が分からなければ、俺は共にあることが出来ない。
だから俺には分かるのだ。
分からなければならないのだ。
「でぇあっ!!」
俺は気合いと共に剣を振り入れる。
再び、剣と槍が激しいせめぎ合いを始めた。
金属音が空気を震わせる。
「君はその剣で、槍に纏われた魔力を消し去るらしい!」
槍を操りながら、そう叫ぶテオドル。
仮説を検証するように俺の表情を窺っている。
だが、ほぼ確信に至っているのだろう。
彼が聡い人間であることは、戦いを見れば分かる。
「ならば、こうするまでだ!」
そう叫ぶと、槍から魔力が消えた。
代わりに、テオドルの手数が増え、パワーも上がる。

これは……。

「おおおおぉぉぉぉぉっ!!」

雄たけびをあげながら、更に攻撃の回転を上げていくテオドル。

彼は、槍に纏わせていた魔力も、すべて身体強化に回したのだ。

これを選択出来るのか。

俺は驚かされた。

本来なら、筋力を上げるより、槍に魔力を乗せる方が攻撃の威力に繋がる。

武器に通す魔力をゼロにするというのは、戦いの常識から言って普通ではないのだ。

煤の剣が槍の魔力を消し去ってしまう以上、その分の魔力を身体強化に回すのが正解ではあるだろう。

だが、常識から外れることを、命のやりとりの渦中で即座に選択するのは簡単ではない。

テオドルは、それをやって見せたのだ。

「はああぁぁぁぁっ!!」

叫び声と共に、テオドルの攻撃は更に回転を上げる。

捌き切れなくなった槍が、俺の肩口を掠めていった。

「ぐっ!」

煤の剣の重量のお陰もあり、一撃ごとのパワーでは負けていない。身体強化されたテオドルの攻撃を上回っている。

だが手数では後れを取っていた。

テオドルは自らのスピードに振り回されていない。

非凡な槍捌きで、超スピードの攻撃を完全に自分の戦闘スタイルと合致させていた。

「でぃ!!」

守勢に回ってはジリ貧に追い込まれる。

俺はリスク覚悟で踏み込み、横薙ぎの剣を振り入れた。

剣先が、がりりと金属を撫でる。

剣はテオドルの胸当てを掠めるに留まったのだ。

駄目だ、遠い。

あと半歩が届かない。

「これでもまだ当ててくるとは……!　ならば!」

テオドルの姿が目の前からかき消える。

次の瞬間、遠間《とおま》に現れ、そしてまた次の瞬間、槍を俺の喉元に突き入れてきた。

「ッ!!」

俺はその槍を咄嗟に剣で払い、返す刀で中段を振り入れる。

だがその時には、テオドルは既に遠間《とおま》まで退がっていた。

「速い……!」

彼は、今まで戦ってきた者の中で最も速かった。

リーゼをも超えるあのスピードでヒット&アウェイに徹した戦いをされると、手出しが出来ない。

「はぁっ！」

「ぐっ！」

そしてテオドルは、突き入れては離れての繰り返しで、俺を削っていく。

なんとか急所はガードし続けるが、手足には無数の傷がつけられ、出血量も無視出来ぬものになりつつあった。

瞬きにもリスクを伴うほどの状況が続く。

槍の穂先は、一瞬で目の前に現れるのだ。

俺はそれをギリギリで防ぎ続ける。

「なんて集中力だ……。ロルフ・バックマン。君がこれほどの敵だったとは」

遠間《とおま》に離れ、俺を見据えたままテオドルが言う。

その目には忸怩たる思いが浮かんでいた。

「君を侮るべきではない。そう思っていたんだ。だが、まだ侮っていたらしい……！」

悔しげに歯を食いしばり、槍を握りしめるテオドル。

俺への怒りはそのままに、自らへも怒りをぶつけている。

自身に侮りがあったから姉を死なせた。そう感じているのだろう。

「己の不明を悔やんでいるのは俺も同じだ。あんたがヴィオラよりも危険な敵だとは思っていなかった」

俺は、警戒すべきはヴィオラだと思い込んでいた。

だが違った。

この戦場で最も危険な敵は、ヴィオラ・エストバリではなくこの男。

テオドル・エストバリだったのだ。

「今の僕が姉さんを超えていると、君はそう評するのか？　だとしたら皮肉な話だ。姉を喪ってやっとここに至るとは」

「俺は皮肉とは思わない。ヴィオラへの餞《はなむけ》があるとしたら、あんたが彼女を超えることに他ならないだろう」

ヴィオラは倒すべき敵の一人だった。

王国の普遍的価値観の持ち主で、それが魔族であれば、子供の命を戦いの手段に用いることも忌避しなかった。

友人には為りえぬ者だったのだ。

だが、そのすべてを否定し、敵手をただ打倒の対象として捉えるばかりでは、俺は視野狭窄《きょうさく》に陥ってしまう。

それは俺から標《しるべ》を奪うだろう。

戦う覚悟はそのままに、敵であっても肯定すべきは肯定し、認めるべきは認めなければならない。

ヴィオラ・エストバリが弟を想う気持ちは本物だった。

彼女はテオドルに向け、最期に「ごめん」と言った。

先に逝くことを、もう共に居てやれないことを詫《わ》びたのだ。

姉は最期まで弟を案じた。

ならばテオドルにとっては、姉を超えて強くなる事こそが彼女への手向けとなるだろう。

「…………………」

俺の言葉を聞いたテオドルは、どこか遠い目で俺を見つめる。

怒り以外の感情が、その目に去来した。

「………忌むべき背信の徒であるはずなのにね。僕に器があれば、戦う前に気づけていたのか……？」

「…………？」

「行くぞ！　このまま削り切らせてもらう！」

気合いと共にそう叫び、テオドルは攻撃を再開する。

徹底したヒット&アウェイ。

またも俺は押し込まれていく。

「く……！」

コンマ数秒の世界の攻防が続く。

いずれの攻撃も、テオドルの槍がもう少し遅ければ、俺は対応出来ていた。

だが、ごく僅かの差で俺は手傷を増やされていく。

槍に纏わせる魔力をすべて身体強化に回すという彼の判断が活きたのだ。

びしり。

下段の槍が、俺の大腿《だいたい》を掠めていった。

鮮血が飛ぶ。

耐え続けてカウンターのタイミングを掴みたいところだが、このままでは為すことなく斃れるだけだ。

牽制でも良いから遠距離攻撃が出来れば状況は違ったのだが、とにかく俺は剣しか使えない。

だからフェリシア戦でも守勢に回ったのだ。

いや、フェリシア戦か。

あの戦いで、俺にも得るものはあったはず。

テオドルが強くなったのなら、俺も強くならなければ勝てない。

昨日までの俺より一段上に行かなければ。

それには今日得たものを思い出すんだ。

そう、フェリシア戦で俺は、『赫雷《イグニートスタブ》』をすら斬った。

ならばテオドルを捉えられないわけが無い。

あの感覚を思い出せ。

そう考え、俺は全身を弛緩させる。

脱力は剣の要訣《ようけつ》の一つだが、俺は自分のこれに満足していなかった。

だがフェリシア戦で、極意に近づけたような気がする。

だらりと全身を弛緩させ、周囲の空気と体の境界を、意識から排除する。
そしてその意識を、大気に溶け込ませていく。
全身から力が完全に抜け切り、体が流体になったかのようなイメージが浮かぶ。
俺に宿る力がゼロになる。
攻撃すべき瞬間を見極め、これを一瞬で百にするのだ。
それが巨大なパワーとスピードを生む。
俺は、流体の全身と溶けた意識で、テオドルの姿を捉える。
そして、彼が眼前へ迫った瞬間。
すべての力を込めて剣を振り抜いた。
「せぇあっ!!」
剣と槍が交錯する。
二つの刃が閃きながら命を刈り取るための軌道を描いた。
「ぐっ……!」
ずぐりと肉を裂かれる感触。
うめき声をあげたのは俺だった。
俺の剣は空を切り、テオドルの槍は脇腹を抉っていったのだ。
まだ致命傷ではないと分かっているのだろう。
テオドルはまた遠間《とおま》に退がり、俺を見据えた。

「君は、ここに至るまでに大きなダメージを負っていたようだね。それが無ければ今ので君が勝っていた」

『凍檻《コキュートス》』のダメージは未だ抜け切らず、俺から剣の冴《さ》えを奪っている。

もちろん言い訳にならない。

そもそも、今の攻防は俺が浅はか過ぎた。

真っすぐ飛んでくる熱線と違い、テオドルには意志がある。

『赫雷《イグニートスタブ》』と同じ要領で迎撃出来ると思う方がおかしいのだ。

「やはり君は危険すぎる。最後まで油断はしない！」

そう言って、テオドルはまたヒット&アウェイを再開する。

宣言どおり、あくまでダメージを蓄積させて削り切るつもりなのだ。

「く……ぐっ！」

俺は少しずつ、傷を負わされていく。

脇腹の負傷も大きい。

このままいけば、間もなくダメージは許容量を超えるだろう。

だが同時に僅かずつ、目的の場所へ近づいていく。

なるべく自然に、追い詰められているようにその場所へ。

「もう少し、もう少しだ！　姉さん、見ててくれ！」

そのヴィオラのもとへ、俺は辿り着いた。

第二案だ。さっき少し考えたとおり、遠距離攻撃でいく。

「はぁっ！」

声をあげ、テオドルが向かってくる。

そのタイミングに合わせ、俺はヴィオラの槍を足で掬《すく》い上《あ》げて手に持ち、投擲の体勢に入っていた。

槍はずしりと重く、どう考えても投擲用の武器ではない。

だが煤の剣という超重量の剣を振り回している俺にしてみれば、投げるのは造作もないことだ。

「せっ!!」

全力の投擲。

槍は、こちらへ真っすぐ向かってきていたテオドルの足元へ向かう。

狙いどおりのところへ行ってくれた。

「!!」

テオドルは跳躍して槍を躱した。

こちらへ向かって突撃中であった彼は必然、慣性に従って宙を舞う。

逃げ場の無い空中に居る彼に対し、俺は踏み込んで上段斬りを振り入れる。

「ツせぇあぁぁ!!」

舞い飛ぶ煤が弧を描き、次いで斬撃音がざかりと響く。

――剣が、空中に居るテオドルを斬り裂いた。

◆

着地出来ず、地を転がるテオドル。
転がった地面に、血の跡が伸びる。
手応えはあった。
致命傷だ。
そう確信し、彼を注視する。
テオドルは、ひしゃげるように倒れ伏している。
しばらくの静寂ののち、その手がぴくりと動いた。
そして震えながら、ゆっくりと立ち上がる。
「…………」
「…………」
無言で俺の目を見るテオドル。
俺も視線を外さなかった。
がらんと音を立て、槍が地に落ち、転がった。
なおも手にしていた槍を、彼は遂《つい》に取り落としたのだ。

そして歩き出す。
ゆっくりと、最期の力で一歩ずつ歩いてゆく。
俺はそれを黙って見ていた。
彼が向かう先には、横たわるヴィオラが居た。
足を引きずるようにそこへ向かい、そして、数メートル手前で崩れ落ちる。
それでも顔を上げ、這いずりながら姉の亡骸へ近寄っていく。
俺は手を貸さなかった。
彼らの世界へ押し入ってはならないと分かっていたのだ。
やがてテオドルはヴィオラの傍へ辿り着いた。
そして指を絡め、彼女の手を握る。
もう片方の手は首に回し、横たわったまま彼女を抱擁した。
目を閉じるテオドル。
周囲に満ちる静かな空気の中へ、テオドルの生命が溶け込んでゆくのを感じた。
彼は姉のもとへ旅立ったのだ。
「…………」
俺は抱擁する二人の姿を見つめる。
そして想った。
赤色の眼をした女《ひと》のことを。

先ほど戦った、たった一人の妹のことを。

「…………」

抱きしめ合うエストバリ姉弟。

悪意満ちるこの世界で、最期まで互いに寄り添ったのだ。

二人の抱擁が、俺に何かを突きつけてくる。

「同じ胎《はら》から生まれ、同じ日々を送り、そして……」

そんなことを口にし、俺は目を閉じた。

瞼《まぶた》の裏に、赤い眼を涙で滲ませるをフェリシアの顔が浮かぶ。

「…………テオドル、ヴィオラ。俺は今、敗北感に見舞われているよ」

何かに勝って何かに敗れる。

命を懸けた戦いでは、ただ美酒に酔うだけの勝利が与えられることなど無いのだ。

それを思わずにはいられない。

エストバリ兄妹。

忘れ得ぬ敵手だった。

◆

私たちは、勝つために領都へ攻め入った。

勝つことを信じて戦った。

でも、いざこの光景を目の当たりにすると、夢でも見てるんじゃないかって気になる。

領軍が降伏したのだ。

「あの、リーゼさん」

「う、うん」

近くに居た仲間も、信じられない思いでいるようだ。

ウルリクを倒したあと、優勢に戦いを進める私たちだったが、なお領軍は抗戦を続けていた。

このままでは不毛な消耗戦に突入すると思われた矢先、敵の伝令が何かを伝えて回るのが見えた。

その直後、領軍兵たちは武器を捨て、投降を選んだのだ。

がしゃり、がしゃり。

領軍兵たちが剣や槍を地に落とす音が、あたりに響く。

ある者は両膝をつき、ある者は天を仰いでいた。

「さっきの伝令って……」

「倒したんでしょうね。敵将、エストバリ姉弟を……ロルフが」

辺境伯は死に、敵将も倒れ、領軍は無力化された。

領都が陥落したのだ。

この地の魔族――私たちヴィリ族は、長きにわたってストレーム辺境伯家と戦ってきた。

父さんも、その前の族長も、更にその前も。

ずっとそうしてきた。

そして、これからもそうだと思ってた。

でもそれが終わった。

突然現れた一人の人間が、私たちをこの戦いに導き、そして終わらせたのだ。

もちろん、強大なロンドシウス王国はまだまだ健在で、私たちはその一部を切り取ったに過ぎない。

あくまで、この地の魔族の安全を勝ち取っただけだ。

それに当然、王国は反撃に出るだろう。

王国に勝って戦いを終わらせるために、私たちは不断の努力を続けなければならない。

でも、戦いの終わりという、少し前までは非現実的にも思えたその未来は、今や確かな希望として私の胸にあった。

ロンドシウス王国を倒す。私たちを導いた人間は、確かにそう言ったのだから。

「うぅ……ぐ……く」

傍らを見ると、仲間が泣いていた。

いや、彼だけじゃない。

周りでは皆が泣いている。

感涙に咽《むせ》んでいる。

思い出しているのだ。

死んでいった仲間を。

そして、死なずに済む家族や友人を。

そうだね。

そうだよね。

明日からの戦いのことはともかく、今は喜ぼう。

私たちは勝ったのだ。

◆

「うぐっ……えくっ……」

私は、大きなブナの木の上で泣いていた。

木のずっと上の方に、白い手巾《しゅきん》が引っかかっている。

風で飛ばされ、木に引っかかってしまったお気に入りの手巾。

どうにか取り戻そうと登ったは良いけれど、途中で怖くなり、動けなくなってしまったのだ。

大きな枝に座り込み、幹につかまって私は泣いていた。

「うぇ……ぐすっ……」

もうこれ以上、登れない。

怖くて下を見ることも出来ない。

日は沈もうとしている。もうすぐ夜になってしまう。

怖い。

寂しい。

ぽろぽろと涙を零す私の耳に、下の方から声が聞こえた。

いちばん聞きたかった声が。

「大丈夫だよフェリシア。泣かないで」

そう言うと、声の主は駆け上がるように私のところまで登ってくる。

そして私の頭にぽんと手を乗せると、微笑んで言った。

「あの手巾を取ってくる。ちょっと待ってて」

それから枝に手をかけて上へと登っていく。

そしてあっさりと手巾を回収し、すぐに私のところへ戻ってきた。

それを私に手渡して、それから頭を撫でてくれる。

大きくて温かい、いつもの掌《てのひら》。

歳《とし》は私と一つしか違わないのに、いつも守ってくれる人の掌。

私はその人に思い切り抱きつく。

その瞬間、さっきまで感じてた怖さが、ぜんぶどこかへ行ってしまった。

「兄さま！　兄さま！」

「もう心配いらないよ。頑張ったね」

「わ、私。ごめんなさい。手巾が飛ばされちゃって、それで」

怖さが消えると、とたんに恥ずかしさと申し訳なさが湧き上がってきた。

淑女が木登りなんて。

まして下りられなくなって、兄さまに迷惑をかけるなどと。

要領を得ない言葉で言い訳を並び立てる私に、兄さまは再び微笑んで語りかける。

「フェリシア、見てごらん」

兄さまが視線を向けた先、木々の間に遠く稜線《りょうせん》が見える。

そこへ夕陽《ゆうひ》が沈みかけていた。

木立に切り取られた稜線と夕日の光景は、息を呑《の》むほど綺麗《きれい》だった。

橙色《だいだいいろ》に染め上げられた世界が絵本のように見える。

「今日の冒険の成果だよ。すごく良い場所を見つけたね、フェリシア」

そう言って、兄さまはまた、私の頭を撫でてくれた。

「でも今度から、一人では登らないようにね」

「はい。兄さま」

目を細めて、兄さまの掌の感触に心を委ねる。

いつも私を守ってくれる兄さま。

どこに居ても駆けつけてくれる兄さま。

私の兄さま。

私の……。

…………………

…………………

…………………

…………私は、橋の下で目を覚ました。

魔力切れと極度の精神疲労からだろう。一時的に意識を手放していたらしい。

気絶なのか眠りなのか分からない状況に陥っていたのだ。

気が遠くなるような努力のすえ会得した魔法の尽《ことごと》くを兄に斬り裂かれ、魔力も使い果たし、万策尽きた私は逃げ出した。

魔族軍は、ザハルト大隊の者については逃げるに任せていたため、それに紛れることで収容所から脱出することが出来たのだ。

そして私は今、人目に付かない橋の下に座り込んでいる。

「…………」

懐かしい夢を見た。

強い兄に守られていたころの夢。

そして、今日戦った兄も強かった。

私は、実力差が分かっているのか等と宣《のたま》ったにもかかわらず、完敗を喫したのだった。

兄があんなに強いままだったなんて知らなかった。知らなかったのだ。

そして彼は、私やエミリー姉さんのところへ戻ることを拒絶した。

それどころか……。


——進むしか無い。戦うしか無い。フェリシア、俺は…………敵だ！


「……っ」

涙がぽろりと頬を伝った。

それから嗚咽《おえつ》が零れ出す。

「う……うっ……ぐぅっ……」

どうして傍に居てくれないの？

私たちが追い出したから、傍に居るのを諦めてしまったの？

そんなの関係あるものか！

兄さまなのに！

私の兄さまなのに！

「うっ……えうっ……うぇえ……」

どんなに泣いても、兄さまは来てくれなかった。

◆

私は薄暮の収容所を歩く。

昼ごろ始まった捕虜収容所の戦いが終わったのは、夕方だった。

薄闇に包まれた収容所からは怒号と剣戟音が消えている。

でも喧噪《けんそう》は止まない。

歓喜の声が、そこかしこから聞こえてくる。

勝利の熱はまったく冷めなかった。

二十余名の捕虜が無事救出されたことも伝わり、喜びは更に膨れ上がっている。

「やりましたねリーゼさん！」

「うん。みんな、お疲れさま！」

顔中を涙で濡《ぬ》らした仲間たちが声をかけてくる。

誰もが抱き合って喜んでいた。

私たちの歴史に特筆される、価値ある勝利。

その当事者である仲間たちの喜びは、言葉では言い表せないほどのものなのだ。

でも私やフォルカーは、面倒な戦後処理ってやつも考えなきゃならない。

フォルカーは、領軍の責任者代行を務めることになった中級指揮官の一人と対話している。

その間、私はあちこちを回りながら、被害状況の確認や治療措置について指示を出しているのだった。

「というか、どこ行ったのよ」

それともう一つ、ロルフを探してる。

エストバリ姉弟を討ち、私たちのもとへ戻ってきた時、彼は傷だらけだった。

出血がひどく、槍による脇腹の傷は特に深かったのだ。

私はすぐに回復術士と医療班による治療を指示した。

それでさっき、医療班のところに様子を見に行ったら、もう治療が終わって、どこかに行ったとのことだった。

治療が終わっても安静にしてなきゃダメに決まってるのに、何をしてるのか。

そういうわけで、ロルフを探してる。

あと私は一応、ロルフが取り逃がしたウルリクを倒したのだ。

そのへんどう思うのか聞いておきたい。

あわよくば褒めて欲しい。

「こっちかな?」

私は収容棟の裏手までやってきた。

そして、そこでロルフを見つけた。

「居た！　ロル……」

声をかけることが出来なかった。

そうすることが憚られたのだ。

宵闇の中、ロルフは一人、ただ立っていた。

そして真剣な表情で、目の前の地面を見つめている。

ロルフの視線の先では地面が少し膨らんでいて、盛り土のようになっていた。

それが何なのか、ロルフの表情を見れば分かる。

墓標こそ無いが、お墓なのだ。

あそこには、この収容所で犠牲になった人たちが眠っているに違いない。

ロルフは微動だにせず、そのお墓を見つめている。

本人から直接そうと聞いたわけではないけど、たぶん彼は神を持たない男。祈ることは無い。

だから目を閉じることも無く、ただ地面を見つめている。

きっと死者と対話しているのだ。

私は、そのロルフの姿をじっと見ていた。

ロルフは眉一つ動かさない。

だいぶ時間が経ったけど、未だ沈黙の中にずっと立っている。

瞬《またた》き出した星々に蒼《あお》く照らされながら、ずっと地面を見つめている。
煤に汚れたその横顔は、ものすごく静謐《せいひつ》で、厳かだった。
死者に対する無限の敬意を感じさせた。
私は、ロルフの横顔から目を逸《そ》らすことが出来なかった。

Ⅶ

――嘘……だよね……？

――エミリー姉さん……嘘じゃありません……。

ストレーム辺境伯領から帰ったフェリシアの報告は、到底信じられるものじゃなかった。
フェリシアに限って、こんな嘘や思い違いはあり得ない。
それは分かってる。
分かってるけど、信じられない。信じたくない。

――だって……そんな。え？　だって……ロルフが。

敵に、魔族軍にロルフが居た。
それどころかフェリシアと交戦し、彼女に斬りつけたと言う。

でも、そんなことってあり得ない。

だってロルフはフェリシアのお兄さんで、そして私と。

私と一緒に生きてくれる人なんだ。

私は、あの馬鹿げた審問会のことを謝って、それからロルフとやり直さなきゃいけないんだ。

許してくれるまで何度でも謝罪して、何度でもごめんなさいって言って……。

それなのに。


――エミリー姉さん。兄さまは……兄さまは……。


そんなこと。

そんなことって……。


「…………」


馬車に揺られながら、私は先日のことを思い出していた。

つい数日前の、フェリシアから報告を受けた日のことを。

何度思い出しても、その内容は変わらない。

私がどんなに認めたくなくても、決して変わらない。

隣に居るフェリシアは、ずっと無言だった。

そして馬車が止まる。

王都レーデルベルンを走る馬車は、王宮の前に到着した。

◆

王宮内に設《しつら》えられた大広間に、私たちは居た。

とても荘厳な造りの広間で、遥か高所にある窓から差し込む光が帯を作っている。

ここを使えるのは国家の重鎮のみだ。

今、大理石のように磨き上げられたウォールナット製の巨大なテーブルについているのは、王国の騎士団長たちだった。

第一騎士団　団長、エステル・ティセリウス。

第二騎士団　団長、ステファン・クロンヘイム。

第三騎士団　団長、マティアス・ユーホルト。

そして第五騎士団　団長、私――――エミリー・ヴァレニウス。

それぞれの周りには、随行の幹部たちも着席している。

私は、フェリシアとほか数名の幹部を連れてきていた。

梟鶴《きょうかく》部隊の面々は予定が合わず、今日は居ない。

「ブラントはまた欠席か？」

「ええ。申し訳ありませんユーホルト団長」

第四騎士団の副団長が申し訳なさそうに答えている。

第四のブラント団長は不在のようだ。

元々この種の会合にはあまり出てこない人だけど、今日も欠席らしい。

今回は王族による招集だというのに。

私がそう考えると同時に、まさにその王族が入室してきた。

全員が起立して迎える。

私たちの視線の先に居るのが、この国の第一王女、セラフィーナ・デメテル・ロンドシウス殿下だ。

長い銀髪とグレーの瞳、そして白磁のような肌が、最高級の磁器人形《ポーセリンドール》を思わせる。

聡明《そうめい》さを感じさせる顔立ちのとおり、実際に優秀な御方だ。

十八歳にして父王から政務の一部を任されるほどに、優れた知性とセンスを持っている。

「どうぞ座ってください」

王女殿下の言葉を受け、皆が着席する。

そして上座に王女殿下が、その横に宰相が座った。

「此度《こたび》の招集、応じて頂いたことに感謝します。クロンヘイムなどは遠いところを大儀でありました」

「殿下よりお召しに与ったなら、臣下として何処《どこ》へ居ても罷《まか》り越す次第です」

第二騎士団のクロンヘイム団長は、三十代の前半。

二十代前半と言われても通る、若い風貌をしている。

明るい茶色の髪はさらさらの直毛で、女性たちの人気の的らしい。

実力とフェアな精神を持った、正道を行く騎士として有名な人だ。

「ふふ……それだと、ここに来ていないブラントが不心得者ということになってしまいませんか？」

「殿下、恐れながら」

第四騎士団の副団長が、ブラント団長の欠席について弁明しようとする。

でも王女殿下はそれを制した。

「良いのです。あの者はそういうやり方で王国の役に立っています。それより本題に入りましょう。ルーデルス」

「はっ」

五十代後半の男性、宰相フーゴ・ルーデルスが応えた。

そして一同を見まわしたうえで、説明を始める。

「予《かね》て伝えてあるとおり、ストレーム辺境伯領についてだ。正確に言えば、ストレーム辺境伯領だった地について、ということになる」

皆の表情が真剣さを増す。

そう。ストレーム辺境伯領は、もう王国に存在しない。

魔族の手に落ちたのだ。

それはあまりにも重大な事態だった。

つらい。

私は今朝、不安に塞ぐ胸が苦しくて何度も嘔吐した。

出来ることなら、この話をしたくないし聞きたくない。

ここから今すぐ立ち去りたい。

隣を見ると、私と同じ思いであろうフェリシアが俯いていた。

「この数か月、バラステア砦の戦況はかなり良好で、魔族軍の兵を大幅に削っていた。これを受け、辺境伯はかの地の魔族の本拠、ヘンセンを落とすために二千の兵を出したのだ」

かつて死地とされたバラステア砦の戦況が大幅に改善されたことは皆も知っている。

新しい司令官代理が着任してからそうなったということも。

「しかし結果は大敗となった。戻ったのは数騎のみ。バラステア砦の精鋭部隊も同行したが、全滅している」

何人かが眉根を寄せた。

それほどの敗北は、近年類を見ない。

辺境伯は実力ある人物として知られている。魔族と領を接して戦い続けてきた人なのだ。

二千もの出兵は、勝算あってのことだったのだろう。

それなのに、そこまでの大敗を喫したのだ。

「反転攻勢に出た魔族軍はバラステア砦を落とした。更に領都に残る領軍を街の外へおびき出し、これを撃破」

一同がざわついた。

ストレーム領が奪われたことは皆に知らされているが、詳しい経緯は伝わり切っていない。領都にこもって防戦すれば良かったものを、領軍は何故わざわざ領都の外へ出て戦ったのか。誰もがそう思っただろう。

代表するように質問したのは、クロンヘイム団長だった。

「彼らは何故おびき出されてしまったのですか？」

「敵は、ヘンセンへ行った領軍が勝利し、未だ健在だという誤情報を流したのだ。その領軍が、魔族軍によって制圧済みのバラステア砦へ何も知らずに戻れば、皆討ち取られてしまう、と」

「上手い手ですな。辺境伯は領軍を救うため、砦へ向けて出兵せざるを得ない」

第三騎士団のユーホルト団長がそう評した。

四十代前半の男性。

彫りの深い端正な顔立ちで、短めの濃い金髪と無精髭《ぶしょうひげ》が特徴的だ。

この人は、十五年以上もの間、騎士団長を務めている。

用兵や自身の戦いぶりにおいても、団の運用においても、堅実でミスが無い。

万事に安定的で重厚な、王国の軍事の屋台骨と言うべき騎士だ。

そのユーホルト団長に向けて頷き、宰相が説明を続ける。

「そして辺境伯は出兵し、結果として七百ほどの兵を失った。ヘンセンで既に二千が失われていた事と合わせ、この時点で領軍の兵力は魔族軍を下回ってしまう」

「僕なら傭兵を頼ってでも兵数の回復を図りますが……」

「辺境伯も、クロンヘイム団長と同じように考えた。かの地にはザハルト大隊が滞在していたのだ」

またも一同がざわつく。

ザハルト大隊と言えば、王国中にその名を轟かせるほどに高名だ。

「エストバリ姉弟が率いる傭兵団ですな。二人とも気持ちの良い若者だ」

「ユーホルト団長は旧知だったか」

「昔、一度会ったことがあるだけですがね。で、その二人は……」

「残念ながら戦死した」

「そうですか……」

ユーホルト団長は悲しそうに目を伏せる。

自分より若い人の死は何度も経験してきたはずだけど、やはり慣れることは無いんだろう。

「辺境伯はエストバリ姉弟に領軍の指揮権を預け、自身はタリアン領への脱出を図ったようだ。だが姉弟は敗死し、辺境伯も死体で発見されている」

「かくしてストレーム辺境伯領は魔族に奪われました。完全な敗北です」

王女殿下がそう締めくくった。

敗北を強調しながらも、表情に怒りや屈辱は見えない。

「本来、今日のこの場はバラステア砦の陥落を受けて、対応を話し合うためのものでした。会合を設定した時点では、領土を失うまでの事にはなっていなかったのです」

ゆっくりと、噛んで含めるように王女殿下は語る。

事の重大さを私たちに伝えようとしている。

「領軍がヘンセンへ向けて進発してから、領都アーベルが落ちるまで、七日しか経っていません。たったそれだけの期間で、ここまで事態が動いてしまいました」

つまり、これからも怒涛の勢いで事態が進みかねないということだ。

ひょっとすると、そういう時代に突入してしまったのかもしれない。

動乱の時代に。

「かかる事態の要因の一つが、さる王国兵の反逆だ。バラステア砦の司令官代理が、敵に与《くみ》した」

宰相の言葉は、一同に改めて衝撃を与えた。

反逆者の存在は、事前に出席者へ伝わってはいる。

でも、人間を裏切って魔族に付くなんて、およそ考えられない話だ。

多くの人が、信じられないという表情をしていた。

出来ることなら私も信じたくはない。

「ロルフ・バックマン。男爵家の長男だ。その者が魔族側に回ったのだ」

出席者たちのざわつきが大きくなる。

団長たちは静かに考え込んでいるけど、幹部たちは気色ばんでいた。

「その者は、第五に居た加護なしではないですか!?」

「ああ、あれか」

「女神に棄てられたからと、人間を裏切るか！　そこまで腐ったか！」

何という不逞《ふてい》の輩《やから》、正義のもと誅《ちゅう》すべし、といった声が次々に聞こえてくる。

そんな中、クロンヘイム団長が静かに問いかけた。

「そのバックマンが裏切ったという証拠はあるのですか？」

「実際に交戦した者がここへ出席している。ロルフ・バックマンの妹だ。ヴァレニウス団長。報告させよ」

「……はい」

私は、フェリシアに目を向けた。

兄の反逆について証言するという任を帯び、ここに居るフェリシア。

彼女は見るからに縮こまっている。

その姿は、ロルフのあとをついて回っていた子供のころを思い出させた。

◆

「……そうして、私は退却に至ったのです」

ぽつりぽつりと、フェリシアは半ば俯いたまま、抑揚の無い声で事実を伝えた。

報告を聞いた騎士団幹部たちは、様々な表情を浮かべている。

懐疑的な顔をする人も居れば、怒りを露わにする人も居た。

そのうちの一人が、改めて尋ねる。

「魔法を斬ったというのは、確かなんですか？」

「……はい」

「他に奴の戦いを目撃した兵の証言もある。事実のようだ」

宰相が補足した。

そう。ロルフは魔法を斬り、障壁も破ってみせたのだという。

「バックマン総隊長。疑うわけではないが、『赫雷《イグニートスタブ》』を斬ったというのは間違いないだろうか？」

「はい」

クロンヘイム団長の問いに、フェリシアが答える。

実際に魔法を尽く斬り捨てられた彼女の報告には真実味があった。

団長たちも考え込み、場にしばらくの沈黙が下りる。

それを破り、一人の幹部が口にしたのは別の課題だった。

「その男と魔族軍への対応も考えねばなりませんが、先にハッキリさせるべきことがあるでしょう。バックマン家はどうするのですか？」

周りの幹部たちが頷いている。

そう。大逆犯の家族について、その扱いを考えなければならない。

ともすれば、上官であった私についてもだ。

「それは軍務とは別の話だぞ」

ユーホルト団長が窘《たしな》めるように言う。

確かにそのとおりだけど、皆は納得しない。

「ですが、ここには彼の妹のフェリシア殿も居るのです。バックマンに連なる者の処遇を決めないまま話を進めることは出来ないでしょう」

そうだな、と肯定する声が周りからあがる。

フェリシアは口を噤《つぐ》んでいた。

皆の視線が、王女殿下に集まる。

それを受け、彼女はゆっくりと口を開いた。

「大叔父様……先代の国王は、弑逆《しいぎゃく》を企図した者の家族を赦《ゆる》したことがあります。その際、罪を家族に問う王国法を廃しました。であれば此度も家族は赦されるべきでしょう」

「殿下。仰せのとおり、罪人の血縁者に対する罪科を規定した法はありません。しかしそれは赦すことを示すものではあるまいと存じます。事は国家への反逆なのです。赦せば貴族らの不満を招きましょう」

宰相が冷たい声でそう言った。

彼は怜悧で、かつ非情なことで知られる為政者なのだ。

「分かっています。バックマン男爵夫妻には蟄居《ちっきょ》させ、代わりに執政官を遣わすことになるでしょう。ただ、それ以上の刑を強いることはありません。男爵家自体は存続させます。そしてフェリシアさんはこれからの戦いに必要な方。排除する理由がありません」

「臣としましては、いま少しの峻厳《しゅんげん》さが必要と愚考します。罪はすべての因果を含めて糺《ただ》されるべきものでありましょう」

なおも食い下がる宰相。

彼は役割を全うしようとしてるだけなのかもしれないけど、やはりどうにも嫌なものを感じてしまう。

王女殿下が赦すと言っているのに。

「宰相閣下。それを言い出したら、その者をかの地へやった第五騎士団の責を問いたがる者も出てきますよ。それは避けねばならんでしょうな」

「ユーホルトの言うとおりです。ヴァレニウスは王国にとって重要なのです。必要以上に騒ぎ立てて国体を揺さぶること、罷り成りません」

「……は」

宰相が引き下がる。

これで、フェリシアと私が罪に問われることは無くなった。

バックマン男爵夫妻は……まあ仕方がない。

バックマン領に居たころは良くしてくれた二人だけど、ロルフの廃嫡や婚約解消を経て、彼らに対する親愛の情は正直薄くなっている。

「ではその件はそれで良いとして、本題に入りませんか？」

クロンヘイム団長の言う本題とは、今後私たちがどうするか、という話だ。

私やフェリシアの罪を問う話以上に、私が一番したくなかった話。

魔族軍とどう戦うか。そして、ロルフをどう倒すかという話だ。

「騎士団を出すのは既定事項だ。ロルフ・バックマンは捕らえることが出来れば最良だが、殺してしまっても構わん」

「……っ」

宰相の口から語られた基本方針は、この状況においてごく当然のものだった。

でも、ロルフを殺すというそれを実際に聞いて、私は全身の血が一気に冷えるのを感じる。

「捕らえましょう！　処刑台に引っ立てるべきだ！」

「民に石を投げさせてやれば良い！　やったことを存分に後悔させるのだ！」

「加護なしの分際で何を思い上がったのか知らんが、身の程を教えてやる！」

幹部たちがいきり立つ。

第五騎士団の幹部も当然のように声をあげていた。

聞きたくない言葉が次々に飛び交っている。

あの審問会を思い出す光景だ。

いつだってロルフは嫌悪の対象なのだ。

「出来るのか？　貴公ら如きに」

そこへ、凛《りん》とした声が響き渡った。

今日初めて発せられたその声の主に、皆の視線が集まる。

軽いウェーブのかかったピンクブロンドを僅かに揺らし、彼女はそこに居た。

第一騎士団　団長、エステル・ティセリウスだ。

「……如き、とは辛辣な仰り様ですな」

ティセリウス団長に対し、幹部の一人が不満げに言った。

だがその声音は、やや気圧《けお》されたものになっている。

他の幹部たちも、表情に苛立ちを浮かべるものの、追及出来ずにいた。

何せ相手は王国最強。

纏う空気からして、私のような張り子の英雄のそれとは違っている。

そんな中、幹部たちに代わるように、宰相ルーデルスが問う。

「ティセリウス団長。発言の意図を聞きたいのだが」

「言葉のとおりです。敵は強い」

「加護なしを恐れるのか？　女神から何も与えられなかった男だ」

「先ほどの報告を聞いたでしょう。総隊長を退けるほどの男です」

がたり。

椅子を蹴って立ち上がる音がした。

幹部の一人が、怒気も露わに起立したのだ。

「ティセリウス団長！　貴方を尊敬していますが、加護なしを恐れる言には同意しかねます！」

「然り。報告にあった黒剣の正体は分かりませんが、借り物の力を振り回しているに過ぎません。女神と共にある我々が敗れる道理は無い」

「ははは っ！」

ティセリウス団長が笑声をあげる。

幹部たちは困惑し、うわずった声で訊いた。

「何がおかしいのですか？」

「自分たちを棚に上げる愚かさだ。借り物の力で威を揮《ふる》ってきたのは我々の方だろう」

「なっ……！」

幹部たちが絶句する。

顔は怒りのあまり青ざめていた。

「彼はその借り物を、半ば無かったことにしてしまう。我々は、本来持っている人間の力で戦う場に引きずり出されたのだ。そしてその途端、右往左往している」

悠然とテーブルの上で両手を組み、笑みを浮かべたまま、そう指摘するティセリウス団長。

そして幹部たちを見据え、やや声を低くして言った。

「滑稽なことだ」

「ティセリウス団長！　君はどちらの味方なのだ!!」

声を荒らげる宰相ルーデルス。

常に冷静な彼にしては、珍しい光景だった。

「無論、王国の味方です。私は王国の騎士なので」

「だったらそのように振る舞いたまえ！」

「戦う相手を侮るのが王国騎士であると？　私は敵を過小評価する愚を指摘しているだけです」

言葉に詰まる宰相と幹部たち。

幹部の何人かは、もはや隠せない敵意を顔に浮かべ、歯を食いしばっていた。

それを気にしたふうも無く、ティセリウス団長は続ける。

「整理しよう。そもそもバラステア砦の戦況が好転したのは、そのロルフ・バックマンのおかげだ。彼が司令官代理に着任した途端、あの砦は勝ち始めたのだ」

それが事実であることは、数々の報告が証明している。

反論出来る者は居なかった。

「そして、彼が翻した途端、王国はヘンセンで負け、バラステア砦を抜かれ、あまつさえアーベルを落とされて領地を失った。それらに彼の軍略が関わっていることは明らかだ」

誰も口を差し挟むことが出来ない。

ティセリウス団長の表情は柔らかく、所作は美しく、声は流麗だった。

それなのに彼女には例えようのない怖さがある。

「そのうえ彼は、個の武勇も図抜けている。件《くだん》の黒剣にのみ注視するのは浅慮というほか無い。『凍檻《コキュートス》』や『赫雷《イグニートスタブ》』をすら斬るという業《わざ》が、どれほどの次元にあるのか、まともに剣を振ってきた者なら分かることだ」

今ティセリウス団長が言っていることは、私が言いたかったことだ。

ロルフは凄いんだよって、本当は私が言いたかった。

私が誰より知ってたことなんだ。

それをティセリウス団長が言っている。

私じゃない人が言っている。

だって、団内ではどれだけ言っても相手にされなかった。

本当に何度も言ってきたんだ。

でもタリアン団長や皆は、ロルフが何かしたとして、それは彼を従える私の功として数えられるべきだって言っていた。

私が団長になってからだって、彼を叙任するよう求めたり、差別しないよう下知を出したり、ちゃんとやってきた。

私はロルフを見捨てなかった。

それなのに。

私は今、劣等感を持ってティセリウス団長を見つめている。

「エストバリ姉弟を倒したのも彼だよ。賭けても良い」

「ど、どのような根拠があって……！」

「私には分かるのだ」

その言葉に、私の心が少しささくれ立った。

ロルフのことは私の方が分かっている。

そのはずだ。そうでなきゃおかしい。

「まあ要するにだ。この期に及んで彼を過小評価したがる者らは、王国の命数を縮めるだけの愚者に過ぎんよ」

「ぐ……くっ……！」

幹部たちは、屈辱に震えていた。

ここに居るのは皆、騎士団で栄達した人ばかりだ。

ここまで面罵された経験は無いだろう。

「……言いたいことは分かった。だが、もう少し穏便に話せぬものなのか？」

「これでも穏便に話したつもりですが。先般、バックマン領を訪れた際にも彼について話したのですが、恥ずかしながら少々激してしまいましてね。今日は淑《しと》やかなものでしょう？」

「どうかな。少なくとも言葉の選び方には気をつけた方が宜《よろ》しかろう。滑稽だの愚者だのという言葉は、君には合わんだろうな」

「失礼、宰相閣下。それで団長お三方のご意見は？」

ティセリウス団長が、私たちに話を振ってきた。

思考が脇道に逸れていた私は、少し焦ってしまう。

「僕はティセリウス団長に同意します。ロルフ・バックマンは危険な男だ」

「私は……条件付きの同意ですかね。侮ってはなりませんが、過度の警戒は戦略面での消極性を招きましょう」

クロンヘイム団長とユーホルト団長が答えたあと、場の視線が私に集まった。

私は空気に気圧されながら、どうにか口を開く。

「ロルフ……ロルフ・バックマンは、武にも知略にも優れた者です。視野が広く、機知に富み、そして強固な意志を持っています」

私は王族を含む国家の重鎮たちの前で、ロルフについて語る機会を得た。

まったく望んでもいなかった形で。

「極めて強力な………相手です」

〝敵〟という言葉を口にすることが出来なかった。

王女殿下が私の目を見る。

私の中の葛藤を見透かすような視線だった。

それからティセリウス団長の方へ向き、問いかけた。

「エステル。彼は王国に復讐《ふくしゅう》しようとしているのだと思いますか？」

「ヴァレニウス団長に聞いてみては？　彼女は上官であったのみならず、かつての婚約者なのですから」

その言葉には少し棘《とげ》があったように感じられた。

婚約者だったのに何をしていたのかと、私を問い詰めるもののように思えた。

「ヴァレニウス、どうですか？」

「……復讐ではないでしょう。それは彼の行動原理から外れます」

そこは断言出来る。

個人的な復讐心などでこんな行動を起こす人じゃない。

幹部の誰かが鼻で笑った。

王女殿下は顎に手をあてて考え込んでいる。

その横で宰相が、皆に向けて言った。

「では、ここまでの話を踏まえて今後の対応を決めたい」

「ストレーム領に隣接するタリアン領へ騎士団を派遣します。ヴァレニウス。第五騎士団が行ってくれますか？」

王女殿下が、私の方を向いてそう言った。

質問の形式をとっているが、当然これは命令だ。

ロルフと戦う。

考えたくもないことだけど、命令を拒否することは出来ない。

「タリアンは第五騎士団の前団長。貴方たちと旧知です。それに何より、貴方たちはバックマンのこともよく知っている。適任でしょう」

「そう……ですね。勅命とあらば」

王女殿下は、この場において国王陛下の名代だ。

彼女の命令は陛下の命令であり、王国の意志ということになる。

引き受けるしか無い。

「セラフィーナ王女殿下。発言の許可を賜りたく」

私が思考出来なくなっている横で、部下がそう言った。

新しく第五騎士団の参謀長になったエドガーだ。

半白頭の男性。歳は四十代。

第四騎士団に六年在籍し、その後、中央で経験を積んできた人物だ。

「貴方は…………エドガー・ベイロンでしたね。この場では都度、発言の許可を取る必要はありません。どうぞ自由に発言なさってください」

「恐れ入ります。申し上げたいのは、第五騎士団では純軍事的に不利だということです」

エドガーはちらりと私を見た。

このまま発言して良いかと問うているらしい。

私は頷いて、先を促す。

「魔族側……かの地の魔族はヴィリ族ですが、彼らは今回の戦勝を材料に他氏族に協力を要請するはずです」

そのとおり、という声が聞こえた。

ユーホルト団長のものだ。

「結果、騎士団のうち最も寡兵である第五では、兵力において不利を強いられることになります」

五年ほども前。騎士団に入ったばかりのころ。

戦略と戦術についてロルフから教えてもらった。

戦場の外でやるのが戦略。戦場の中でやるのが戦術。

そして、戦略の重要性は戦術のそれとは比べ物にならない。

勝敗の八割は戦場に着く前に決まると、彼から教わったものだ。

兵力で劣ることが分かっている状況での出兵など、本来あってはならないのだ。

「また、第五騎士団の場合、距離の問題があります。本拠と戦場の距離は最も警戒すべき問題の一つ。ノルデン領とタリアン領は離れ過ぎています」

第五の本部は、ここ王都の隣、ノルデン領にある。

辺境近くのタリアン領は確かに遠い。

以前、エルベルデ河への遠征で失敗したことを思い出す。

「お話を聞く限り、魔族軍は戦略レベルでの賢《さか》しさを持っています。遠征の疲弊を突かれる可能性は十分にありましょう」

「一理あります。ベイロンは、より近い騎士団が向かうべきと考えるのですね？」

「御意にございます。ただ殿下の仰せのとおり、タリアン子爵やバックマンと旧知の者が第五に居るのは事実。居ればお役に立てましょう。該当の者を遣わすのが良いかと」

「ふむ。旧知の知見を役立てるのに、何も一軍を遣《や》る必要は無い、と。ヴァレニウス、どうですか？」

「……ベイロン参謀長の言うとおりかと存じます。団長時代のタリアン子爵とも、バックマンとも面識のある者を派遣します。梟鶴《きょうかく》部隊の者が適任でしょう」

王女殿下は私の答えに頷いた。

梟鶴《きょうかく》部隊から誰を行かせるかは後で考えれば良いだろう。

とにかく今はロルフのことで頭がいっぱいだ。

「それで、タリアン領に向かう騎士団ですが、ルーデルス」

「は。距離で言えば、最も近いのは第二です。しかし……」

「いま第二騎士団は動かせませんね」

第二騎士団の任地の周りは、現在情勢が不安定だ。

今回のヴィリ族の戦勝に刺激を受けた魔族が動きを活性化させる恐れもある。

第二は任地から離れられない。

「申し訳ありません」

「謝ることなど何もありませんよ、クロンヘイム。では、そうなりますと」

「うちの出番ですな」

口元にどこか余裕のある笑みを浮かべながら、ユーホルト団長が応えた。

タリアン領に赴くのは第三騎士団に決まったようだ。

絶対の安定感を持つ、大樹のような存在、マティアス・ユーホルト。

彼がロルフと戦うのだ……。

こうして、一通りのことが決まった。

とても一息つくような気分じゃないけど、とにかく議題はすべて片付いたようだ。

そう思った時、一人が声をあげた。

「よろしいですか？」

「リンデル。なんでしょうか」

第一騎士団、梟鶴《きょうかく》部隊隊長、エーリク・リンデルだ。

第五騎士団の参謀長に名乗りをあげた彼だったが、私はエドガーを採用した。

その後、彼は今までどおり第一騎士団に籍を置いている。

「私はタリアン子爵とは以前より親睦が深く、良くして頂いています」

「そう言えばそうであったな」

宰相が思い出したように応える。

確かに渡河作戦の時、以前からの知り合いだと言っていた。

「どうか恩を返す機会を頂戴したく、私もタリアン領へ行かせて頂けないでしょうか」

「旧知の者を助けたいと言うのであれば、私に否やはありません。エステル、構いませんか？」

「御意のままに」

そう応じるティセリウス団長。

私としては、ロルフが居る戦場へリンデル隊長が向かうことに、あまり良い予感がしない。

「では決まりですね。魔族軍を討つためにタリアン領へ向かうのは、ユーホルトら第三騎士団。第五騎士団からはタリアンやバックマンを知る者を客員参謀として派遣。並びに、第一騎士団からはリンデルが合流。良いですね？」

「はっ！」

全員が起立し、返事をした。

今までの人生で最も気の重い会合が、ようやく終わってくれた。

◆

「団長、申し訳ありません」

宿へ戻る馬車の中、エドガーが謝罪してきた。

王女殿下に、第五騎士団の出兵を翻意させた件だ。

事前に私の合意を得ず、あのような話をした点に対する謝罪だろう。

「いいのよ。私も行きたくなかったし」

本音だった。

とにかく、ロルフと戦わずに済んだのだ。

それだけでも本当にありがたい。

でも、代わりに第三騎士団が戦うという点を思えば気が気じゃなかった。
もはや私は、物事を考えられなくなっている。
どうすれば良いのか、まったく分からない……。
「……あの、エドガーさん。馬の件は何か分かりましたか？」
フェリシアが思いつめたように訊く。
いや、実際に深く思いつめている。
彼女はロルフと戦ったのだ。
……そして、その身に剣を受けた。
私たちの世界に何が起こっているというのか、まるで理解が追い付かない。
あの幸せな子供時代はぜんぶ幻だったんじゃないかって思えてくる。
本当なら、彼が魔法を破ったというのは嬉しいことだ。
ロルフと言えども常軌を逸している。
でも、彼ならやってのけても不思議じゃないって思う。
会って称賛を贈りたいし、喜びを分かち合いたい。
だけど彼は王国に翻した。
フェリシアを相手に剣を振るった。
そして、自らは敵であると、彼女に告げたのだ。
一体どういうつもりなのか、私も会って話したい。

でも、会うのが怖い。

だから、第五の出兵が無くなったのはありがたかった。

逃避でしか無いって分かっているけど、それでもとにかくありがたかった。

ロルフと戦うなんて、とてもじゃないけど心がもたない。

「調査は進めていますが、馬が逃げたのは、なにぶん数か月前のことですし、今のところ何も……。申し訳ありません」

「いえ、こちらこそ何度も急かすようなことを言って申し訳ありません」

数日前、帰還したフェリシアから報告を受けた後、私は彼女に、マリアから聞いた話を伝えた。

ロルフの追放が完全に冤罪《えんざい》によるものであったという話だ。

話を聞いた後、フェリシアは光を失った眼で虚空を見つめていた。

そしてその眼のまま、私の呼びかけにも反応せず、口元で何事かを小さく呟き続けた。

それから数分ののち、私の方を向くと、彼女は眼の奥に影を深め、尋ねてきた。


――じゃあ、誰が馬を逃がしたんですか？


私は改めてその点の調査を命じていた。

調査を担当させたのはエドガーだ。

彼は当時、第五騎士団に居なかったし、万が一にも馬の件には関わっていない。

この再調査には適任と言えた。

それを聞いてからというもの、フェリシアは折に触れ、調査状況をエドガーに聞いているのだった。

仮に何か分かったら、その時彼女はどうするつもりなのだろうか。

私はそれを聞けないでいる。

◆

第五騎士団本部。

幹部専用の談話室に、彼らは居た。

整えられた金髪と鼻筋の通った顔。魔法剣士イェルド・クランツ。

しなやかな筋肉と燃えるような赤髪。魔法戦士ラケル・ニーホルム。

穏やかな笑みと、それにそぐわぬ艶麗《えんれい》な肢体。回復術師シーラ・ラルセン。

その夜、軍務を終え、梟鶴《きょうかく》部隊の面々は集まって人心地ついていた。

三人は、手にカードを持っている。ゲームに興じているようだ。

テーブルには細かな装飾が施された錫《すず》の杯が置かれており、その中で薄い黄金色が揺れていた。

「美味《おい》しいですね、これ」

「最近王都で流行《はや》っている命の水《ウィスケベサ》だ。大麦の蒸留酒だよ」

シーラにそう答え、杯を口に運ぶイェルド。

光量を抑えた談話室にあって、その顔には濃い陰影が作られている。

「香りは良いけど……何かちょっと、気取ってないか？　この酒」

「ラケルは木のカップで飲むエールじゃなきゃ駄目か」

「駄目とは言わないけどさ」

酒は喉に流し込んでこそと考えるラケルにとって、目の前の美しい液体は、あまり好みではなかった。

だがイェルドとシーラは違うようで、ちびりちびと唇を濡らしては味わっている。

「こういうお酒も覚えた方が良いですよ。呼ばれる晩餐でエールは出ないでしょう」

「そういうことを言うシーラにはこれをやるよ」

ラケルが場にカードを出す。

〝陽光の角笛〟と書かれたそのカードの提示は、シーラのチップがすべて無くなることを意味していた。

「あっ、ちょっと！」

「やれやれ。今夜はラケルの一人勝ちか。これでシーラには二つ勝ち越しだったか？」

「まあね」

三人の中でカードが最も強いのはイェルドだが、彼にしてみれば、ラケルの勝ち星がシーラに先行していることが少々意外だった。

シーラもそれは同感であるようだ。

「私の方が頭は良いと思うんですけどねえ」

「ぶっとばすぞお前。頭はたいして変わんねーよ」

「まあ、ラケルには勝負勘があるからな」

そんなことを言い合い、三人は酒を飲む。

口に合わないと言っていたラケルも、勝利の美酒となれば別だ。

満足そうに杯を傾けている。

「それでイエルドさん。エミリーさんから連絡は？」

「もう仕事の話かあ？　まだしばらくは勝利に酔わせて欲しいんだけどな」

「そうもいかんと言いたいが、まだ何も無いな」

三人が言っているのは、王都に行っているエミリーからの連絡である。

今回の王都行きは、かなり重要な用件なのだ。

騎士団の幹部としては、気にせざるを得ない。

「バラステア砦が落ちるとはなあ。ここ最近は勝ってたって話だけど」

「砦よりエミリーさんが心配です」

「そうだな」

先般、陥落が伝えられたバラステア砦。

その報せを受けてより、エミリーは顔色を悪くしていた。

その砦には、かつての婚約者が居たのだ。

まして、彼女が追放し、その地に追いやったという経緯があった。

「まあ、従卒さんは生きてはいないでしょう。これを機に、エミリーさんには吹っ切って欲しいところですが」

「どうかな……」

「イェルドさんは、まだ吹っ切れないとお考えなんですか？」

「いや、そこではなく……まあ良い」

視線を落とし、杯の中で揺れる酒をイェルドは見つめていた。

それから、おもむろに口を開く。

「バックマン総隊長のことも気になる」

「そうだよな」

ラケルが首肯したとおり、フェリシアも様子がおかしかった。

ストレーム辺境伯領から帰ってのち、塞ぎ込んでいたのだ。

「たぶん、でくの坊が死んだのを向こうで確認したんだろうな。あんなんでも兄貴だし、やっぱり悲しいんじゃねえの」

「帰還したフェリシアさんの報告を受けた後、エミリーさんは明らかに狼狽していましたし、そういうことなんでしょうね」

「いずれにせよ、そのへんの詳しい話は、もうすぐ分かるだろう」

イェルドの言葉に、二人が頷く。

フェリシアと話したあと、エミリーは慌ただしく王都へ向かって出たのだ。

――ご、ごめんね。まだここでは話せないことだから。戻ったらすぐ話すね。

エミリーは、梟鶴《きょうかく》部隊の面々にそう言っていた。

団内で話すより先に、中央と協議しければならない事態が出来《しゅったい》したのだ。

そして、もともとバラステア砦陥落の件で中央に呼ばれていたこともあり、フェリシアを連れてすぐに王都へ向かったのだった。

部下たちを信頼し、何でも相談してくれるエミリーには珍しい行動で、よほどのことが起きているのだとイェルドは予想していた。

「…………」

薄明かりの下、黄金色の酒が揺れる。

イェルドは、それを黙って見つめている。

「ただ、亡くなったとあっては憐憫も感じます。従卒さんは許されざる背信の徒ですが、一方で哀れでもありました」

「アタシとしちゃ弱い奴は嫌いだけど、ま、哀れってのはそのとおりさ」

夜と酒が人を粛然とさせるのか、軽侮の念を交えながらも、二人はロルフに同情的な弁を述べた。

あの男が女神を裏切らなかったら。

あの男が仲間たり得ていたら。

エミリーでなくとも、その空想はしたものだった。

「イエルド。エミリーが参謀長を募った件、いま思えば、でくの坊への呼びかけだったんだろ？」

「そのようだな」

「なんで来なかったんだろうな？　この期に及んで逃げてどうにかなると思ったのかね？」

「それで死んでしまったのでは、何のための人生だったのでしょう。逃げた先に安寧など無いのに」

そう言ってシーラが零した溜息に、扉をノックする音が重なる。

イエルドが入室を許可すると、騎士が一人、入ってきた。

そして団長からの伝令だと伝え、書簡をイエルドに手渡す。

「ご苦労」

騎士を退室させ、イエルドは書簡に目を通す。

「…………」

「どうしたイエルド？　エミリーは何て？」

ラケルが問う。

イエルドの表情には、名状し難い感情が浮かんでいた。

「先触れだ。エミリーは近く帰るから、遠征について相談したいと」

「バラステア砦奪還ですか？　ストレーム辺境伯の領軍はどうしたのです？」

「敗れた。ストレーム領は落ちたとのことだ」

「はぁ!?」

ラケルの反応は、ごく当然のものであっただろう。

ロンドシウス王国は、建国以来、領土を奪われたことなど無い。

それにもかかわらず、ストレーム領が失われたなどと、誰であれ信じ難い報告であった。

ましてバラステア砦が落ちてより、まだそう経っていないのだ。

「更に敵はタリアン領へ侵攻するらしい」

「えっと、それ、本当なのか？　ちょっと話に追い付けないんだけど。というかタリアン団長の領地かよ」

「そ、それで第五騎士団に出兵せよとのことなんですか？」

「いや、第五《うち》は遠すぎる。第三騎士団が戦うようだ」

淡々と、事実を読み上げるイェルド。

だが、その額には汗が浮かんでいる。

「じゃあ遠征って何だよ？」

「僕たちの中から誰かに客員参謀として赴いて欲しいそうだ。人選は追って定めるが、詳しくは帰ってから相談したいと」

「旧知のタリアン団長と協力せよということですか？」

「そうだ。だが、それだけじゃない」

目を閉じるイェルド。

深く息を吐き、言葉を続けた。

「加護なしは生きている。魔族軍と行動を共にしているようだ」

「な……!?」

「人間を裏切ったというのですか？」

「そうなるな。ゆえにこそ、彼を知る我々にも来て欲しいと」

「……………」

「……………」

絶句する二人。

先に自失から回復して問いかけたのはシーラだった。

「その報告は、事実なんですか？　その、信じ難いのですが……」

そう訊かずにはいられない。

どう捉えても、常識の範疇《はんちゅう》を超えた話なのだ。

だが、イエルドは答える。

「シーラ。これは報告ではなく、命令だ。命令に信じ難いも何も無い」

「それはそうですが……」

「バックマン総隊長が塞ぎ込んでいたのは、これが原因だろう。そして王都で協議が持たれたわけだ」

「……事が大逆となるなら、第五騎士団に責が及ぶのでしょうか」

「それは無いようだ。王女殿下が庇《かば》ってくださったらしい」

「そいつは重畳《ちょうじょう》だけど、それなら第五《うち》に戦わせて欲しかったな」

「仕方ないさ。距離の問題は厄介だからな」

それを言われ、頷くラケルとシーラ。

三人は、エルベルデ河への長征に嫌な記憶を持っている。

ここに居ない男が正しかったことを含め、その記憶は苦々しい。

ゆえにこそ、遠く辺境への遠征を是とはしないのだ。

「だから第五騎士団としては動かないけど、幹部を一人遣る、というわけですね」

「よし、アタシが行くぜ」

手のひらを拳で叩き、ラケルが気勢をあげる。

その表情は、獲物を見つけた獣を思わせた。

「さっき、加護なしのことを哀れと言っていなかったか？」

「弱い奴は嫌いとも言ったろ。あいつは逃げ出したんだ。許されるならこの手で叩き潰したい。エミリー公認なら、もう遠慮は要らないよな」

「ラケルさん。誰が行くのかは、相談のうえで最終的にエミリーさんが決めるんですよ」

窘めるシーラ。

だが彼女の瞳にも、何か逸《はや》るものが見え隠れする。

哀れな背教者に、引導を渡してやりたいという思いでもあるのかもしれない。

横目にそれを感じながら、イェルドは酒をあおる。

強い酒だが、今夜は不思議と酔えない。

「イェルドは行きたくないのか？　でくの坊のこと、お前がいちばん嫌ってたろ？」

「まあな。だがシーラの言うとおり、決めるのはエミリーだ。行けと言われれば行く。それだけのことだよ」

「立派なこったなあ。あ、皮肉だぞ、これ」

「分かってるよ」

もっとも、イェルドにしてみれば、自身が、ひいては梟鶴《きょうかく》部隊の面々が、客員参謀として正しい知見を発揮出来るかは疑わしいと思っている。

反逆に及んだあの男……加護なしに関する知見を求められているわけだが、彼との間に友誼《ゆうぎ》など無かった。理解し合うものなど、何も無かった。

愚かな背教者のことなど誰も顧みなかったし、彼も独りで戦っていたのだから。

「…………」

「何にせよ、そろそろ休みましょうか。これから忙しくなりそうですし」

「そうだな。いやあ、誰が行くことになるのか。楽しみだ」

そう言って、二人は立ち上がる。

いずれも笑顔を浮かべていた。

「僕はもう一杯飲んでいく。この酒、思いのほか美味《うま》い」

「飲み過ぎるなよ？」

「ああ、分かっている。おやすみ」

「おやすみなさい」

「じゃ、お先」

席を立ち、退室するシーラとラケル。

二人が去り、薄暗い談話室に静寂が満ちる。

「…………………」

イェルドは、同僚たちのことを好ましく思っているが、エミリー含め部隊は若い女性ばかりで、少々姦《かしま》しい。

元来、喧騒《けんそう》を好まぬ彼にとって、この静寂は貴重だった。

その静けさの中、沈思黙考に及ぶ。

「……暗い部屋で、酒をやりながら考え事などするものではないな。良くないことばかり思い浮かぶ」

そう言って、首を振る。

それからテーブルに置かれたままのカードに手をやり、一枚をめくった。

そして、どこか自嘲的な笑みを浮かべる。

「……ほらな、こうなる」

現れたカードは〝嚇怒《かくど》の巨人〟。

そこには、黒い巨人が天使の羽を千切り取る様が描かれていた。

◆

ロンドシウス王国西部、タリアン領。

古びたレンガ造りの建物は、この地の傭兵ギルドであった。

傭兵という言葉のイメージどおり、出入りする者たちの多くは、いかにも荒くれという風情である。

厳《いか》つい禿頭《とくとう》と無精髭の男。分厚い胸板に向こう傷を刻んだ男。そして鋭い眼光は誰にも共通している。

その行動も外見に沿ったもので、ギルド内での小競り合いは日常茶飯事であった。

この日も、怒声が響き渡っている。

大男が二人、互いに胸倉を掴《つか》み合《あ》い、何事かを叫んでいるのだ。

「ああ!?　殺すぞクソが!!」

「やってみろや!!」

「ちょっと！　落ち着いてください！」

毎度のこととは言え、止めぬわけにもいかない。

事務方の若い男が、どうにか諌《いさ》めようとするが、二人はヒートアップするばかりだった。

「死にてえらしいな！」

「上等だ！　そんなナマクラで勝てると思ってんのか！」

「ちょ、だ、駄目です！　私闘は禁止で……！」

事務方は大いに慌て出す。

その日の諍《いさか》いは、小競り合いの域を超えてしまった。

大男たちは、剣を抜いたのだ。

「やってやるよオラァ!!」

二人とも理性を失っているようだ。

事務方は、顔色を失って後ずさる。

そして、いよいよ流血沙汰というその時、誰かが近づいてきて声をかけた。

「やめな」

それは勇気ある行動だが、一般的には無謀な行いと言えるだろう。

見るからに血気盛んな大男たちが、手に白刃を持って激昂しているのだ。

普通なら近寄らない。

止めに入れば、刃が自分に向く可能性もあるのだ。

だが、そうはならなかった。

剣を振り上げたまま動きを止めた大男たちは、その人物の方を向く。

その顔には、冷や汗が浮かんでいた。

「う……」

「お、おう、フリーダ」

彼らの視線の先に居たのは女だった。

大男たちとは比べるべくもない、細身の小柄な女。

肩までかかる橙色の髪を持っていた。

「おう、じゃないよ。何で剣を抜いてるのさ」

「い、いや……すまん。ちょっと昂《たか》ぶっちまって」

「わ、悪い悪い。剣なんか抜いちゃいかんよな。ギルド内だしな、ここ」

二人はフリーダと視線を合わせないようにしながら、声を落として謝罪する。

悪事を親に見咎《みとが》められた子供のようであった。

そして彼らが剣をしまうと、止めようとしていた事務方がフリーダへ礼を述べた。

「ありがとうございますフリーダさん。助かりましたよ。どうなることかと……」

「いいさ。それより諍いの原因は何なの？」

「い、いや、まあ、くだらねえんだけど、下着ってやつを着けてる女はアリかナシかって話でさ」

「本当にくだらないし、どっちでもいい」

「そ、そうだな！　どっちでもいい！　そのとおりだ！　なあ？」

「ああ！　俺もそう思ってたところだ！」

すげなく切って捨てるフリーダに、男たちは迎合する。

そして強面《こわもて》に汗と笑みを浮かべながら、世間話のつもりで言葉を続けた。

「フ、フリーダは着けてるのか？　下着」

「若い女の間で流行ってるらしいぞ」

「女に訊くこっちゃないんだよ。今度それ言ったら殺すよ」

「すすすまん！」

「じゃあ俺たちはこれで！」

踵を返し、弾《はじ》かれたように去っていく男たち。

その背中に、フリーダは告げた。

「二人とも、剣が刃こぼれしてるよ。エモノの手入れは怠るなって、いつも言ってるよね？」

「お、おう。すぐに直すよ！」

「手入れは大事だもんな！」

同時に振り返って答える大男たち。

さっきまでの諍いが嘘のように息が合っている。

「あんたたちの命に関わるんだからね？」

「わ、分かってるから！　怖い顔すんなよ！」

「ちゃんとやるって！」

二人は縮こまりながらそう答える。

叱りつけられ、終始バツが悪そうな顔をしたまま出ていった。

だが、その表情には、どこか喜色が浮かんでいた。

あんたたちの命に関わる。彼らを慮るその言葉が、本心であると分かっているのだ。

周りに居た傭兵たちも、この光景に目元を緩めている。

その女、フリーダは、その強さで傭兵たちの畏敬を集めているが、心根の良さでも敬意を得ていた。

多かれ少なかれ、荒《すさ》んだ日々の中を生きる傭兵たち。

彼らにしてみれば、その身を心配してくれる同業の女《ひと》の存在は、この上なくありがたいのだった。

「誰ですか、あの人。えらい美人っすけど、誘えませんかね？」

「お前ぐらいじゃ相手にされねえよ。というかフリーダに手を出そうとしたら、このへんの傭兵全員を敵に回すことになるぞ」

ベテランが、新人の問いにそう答える。

フリーダは元から強く、有名な傭兵だったが、ここ最近、更に強くなり、また人格も深みを増したと評判であった。

数か月前、アールベック子爵の事件を解決したころからだ。

彼女は子爵邸へ潜入し、アールベック子爵とその息子が起こしていた陰惨な犯罪の証拠を掴み、そして彼らを捕らえたのだった。

その経験はフリーダに何らかの示唆を与えたらしく、アールベック領より帰ってのち、彼女は今まで以上に真剣に研鑽し、任務に精を出し、そして成果を挙げ続けている。

その姿に、荒くれの傭兵たちは、顔に似合わぬ熱い吐息を漏らすのだった。

「それでフリーダさん、今日はどうしました？」

「街道の件、やっぱり夜盗だったよ。全員ひっ捕らえて官憲に引き渡したから」

「え、もう？　さすが早いですね！」

事務方に、任務の報告をするフリーダ。

その日も見事な仕事ぶりであった。

「ただ、別の盗賊団が調子づくかもしれない。ドヤ街を根城にしてる連中が、街道を縄張りにしたがってたろ？」

「ああ、確かに。注意を喚起しておきますね」

事務方はそう言って、手元の帳面に記録をつける。

それから顔を上げ、やや深刻な面持ちを見せると、声を落として言った。

「フリーダさん、聞きましたか？　ストレーム領のこと」

「ああ。ちょっと信じられないけど、本当なのかい？」

彼女たちの居るタリアン領の隣、ストレーム領が、魔族によって陥落したという噂。

それが、その日の朝から、まことしやかに囁《ささや》かれているのだ。

だが、にわかには信じ難い話である。

王国が領地を奪われたことなど、過去に一度も無いのだ。

しかし、事務方は深刻な表情を崩さず伝えた。

「確認がとれました。事実です」

「そうか……。なんとも凄い時代になってきたね」

「それで、次はこのタリアン領が戦場になると目されています」

「そうなっちゃうか……」

自分の居る地で戦争が始まると聞き、フリーダは沈痛な声を漏らす。

だが、そこは戦いを生業とする者。動揺は無いようだ。

彼女は、自身が剣を取る可能性について、淡々と確認するのだった。

「あたしらも戦うことになるかな？」

その問いに、事務方は口元へ手をあてて考える。

「うーん。どうかなあ。タリアン子爵は傭兵とか嫌いらしいですし」

「こっちこそ嫌いだけどね。あの領主」

「まあ……市井の受けは悪いですよね。でもそういうの、あまり言わない方が良いですよ」

苦笑する事務方。

先ほどの諍いを収めたことからも分かるとおり、フリーダは思慮のある人物だが、間違ったものに追従《ついしょう》する価値観は持っていない。

この地の領主は尊敬に足る人物ではないと彼女は思っており、であれば遠慮なく嫌うまでである。

「ただタリアン子爵は、中央とはまずまず関係が良いらしいですよ」

事務方は、肩を竦《すく》ませて言う。

領主タリアンは、元騎士団長なのだ。

それゆえに中央とのパイプは太い。

「まあ、だからというわけでもなくて、必然ではあるんですが、中央から騎士団が派兵されてくると思います」

「ああ、やっぱりデカい戦になるんだ」

真剣な表情で言うフリーダ。

そして、何らかのかたちで自身が戦に関わることになる可能性を、感じ取る。

論理的ではないが、馬鹿には出来ぬ、戦う者の勘であった。

「一応、詳しい情報が欲しいな」

「ローランド商会の調査部が報告を取りまとめてますんで、それを提供してもらう予定です。フリーダさんにも回しますよ」

「ありがとう。しかし商会はさすがだね」

「まあ、うちの立つ瀬が無いですけど」

そこへ、別の男が近づいてくる。

別と言っても、先ほど去った二人と、まったく同種の荒くれ。

顔に傷を持つ大男であった。

「フリーダ！　このあいだ教わったシゲンソウの毒抜き、役に立ったぜ！」

「そうかい。それは良かった」

「だ、だからよ。礼がしたい！　一杯おごらせてくれよ！」

「おいテメェ！　どさくさに紛れて何言ってんだ！」

「あぁ!?　邪魔すんじゃゃねえよ!!」

胸倉を掴み合い、どたばたと暴れ出す二人。

椅子が倒れ、埃《ほこり》が舞い、事務方が止めに入る。

それを尻目に、フリーダは溜息を吐いた。

「アホばっかだよ。もうちょっといい男は居ないのかね……」

その脳裏を、アールベック子爵邸で会った、一人の男の姿がよぎった。

◆

よく晴れた午後。

王宮の庭園、美しい花々が咲くなかに、二人が立っていた。

一人はこの国の王女、セラフィーナ・デメテル・ロンドシウス。

もう一人は、ふだん王宮で見かけない顔だった。四十代と思しき男である。

「それで、どのようなご用件でございましょう？」

「第五騎士団の参謀長に収まったと聞いてはいましたが……何を思ってのことですか？」

王女に問われたのは、エミリーに随行して会談にも出席した男、エドガー・ベイロンだった。

「それはお役に立ちたいからですよ。あの新時代の英雄に。そして殿下。貴方とこの王国に」

「……そうですか」

「それを聞きたくて、私をお呼び止めに？」

エミリーらは、一足先に第五騎士団本部への帰途についている。

エドガーだけが、王女に呼ばれ、滞留期間を延ばすことになったのだ。

「いえ、お聞きしたいことは別にあります」

「はい。なんでしょう」

「…………」

滅多に感情を出さない王女セラフィーナ。

だが今、彼女の顔には、あまりに分かりやすい感情が見て取れた。

怒りである。

「今度は、いつまでやるのです？」

「と、言われますと？」

聡明な王女らしからぬ、要領を得ない質問。

エドガーが問い返すと、彼女は俯いてしまった。

そして両手でスカートを握りしめる。

僅かに震えながら、強く、音が出そうなほどに強く両手を握りしめ、それから顔を上げる。

睨むようにエドガーへ正対し、そして口を開いた。

「〝エドガー・ベイロン〟はいつまでやるのですか！」

王女は叫ぶように問う。
その声は、明らかに悲痛な響きを伴っていた。
それを向けられたエドガーは、静かに瞑目《めいもく》する。
そして暫《しば》しを経て目を開け、笑みを浮かべた。
とても穏やかな笑顔である。
陽光と花々に似合うその笑顔は、しかしどこか恐ろしかった。

あとがき

本書をお手に取って頂き、誠に有《あ》り難《がと》うございます。作者の美浜《みはま》でございます。

創作を始めて一年半が過ぎ、こうして三冊目をお届けすることが出来ました。未《いま》だ初心者マークの外れぬ身ではありますが、私なりに創作と向き合い、思い悩む日々です。

と言うか堅い。堅いですね。先輩作家諸氏のあとがきを見てみたのですが、皆さん自由闊達《かったつ》で、非常にのびのびと書いておられます。大きなフォントで叫びを綴《つづ》る方などもいらっしゃいました。

このページは、伝えたいことを肩肘張らず好きに書くところなんでしょうね。

ウェーイ！！　読んでくれたお前にハート進呈！！

やってみました。どうでしょう。どうもこうも無いですね。それでは本題に入ります。

つとに思うのは、読者諸氏から寄せられる期待と如何《いか》に向き合うか、です。

昔、漫画家の島本和彦《しまもとかずひこ》さんが、映画の予告編が観客に与える期待値について描かれていたのを覚えています。それは、予告編による作品への期待値が、本編のバリューを上回ることがある、というものでした。つまりこういうことです。仮に『大熊猫物語』という映画があったとして、貴方《あなた》がその予告編を観《み》ます。そうしたら、映画の内容について色々予想し、期待しますよね。こんな展開がありそうだ、こういうテーマがあるに違いない、と貴方は想像の翼を広げます。ストーリーを頭の中に組み上げたりもするでしょう。

そして期待を胸に、『大熊猫物語』本編を観に行きます。しかし、そのストーリーは、貴方が想像したものとは違っていました。貴方は思います。「俺の『大熊猫物語』の方が面白かった」あるある。と感じられる方も多いのではないでしょうか。作品に対して人は、自身の思いに応じた期待を抱きます。その人の中で、その人が触れたい作品が形作られるのです。

創り手がそれに沿うのは簡単ではありません。この第三巻に焦点を当てますと、まさに読者諸氏の期待にどう応えるかが問われる内容になっております。主人公の妹フェリシアを待つ展開について、様々な「期待」が寄せられていました。ロルフと彼女が共に歩む展開を望む声もあれば、兄妹《きょうだい》が明確な決着（つまるところフェリシアの死）に至ることを望む声もありました。また、フェリシアを云々《うんぬん》する以前に、ロルフが肉親に斬りつけたら、それは騎士の物語ではなくなる、という声も。

根本的には、読者諸氏の期待に応じて展開を変えて良い道理は無く、作家は自身が書くべきと思ったものをブレずに書かなければなりません。しかし、もちろん私は私の作品を読んでくださる方に喜んで欲しいし、決して期待を裏切りたくないのです。

とても難しい話です。ブレずに書き続けたうえで期待に沿う。きっと、それを目指すよりほか無いのでしょう。私は貴方に「これは違う」と思われてしまうことをとても恐れていますが、しかし貴方に阿《おもね》ることは許されていないのです。そしてブレずに書いた結果、フェリシアとの闘いはあのような結末になりました。あの結末を、貴方はどう感じられましたでしょうか。

私は、貴方の中の『煤まみれの騎士』に負けないぐらい良《い》いものを創りたいと願っています。良ければ次巻でもまた、一勝負させてください。

美浜ヨシヒコ

電撃の新文芸

煤《すす》まみれの騎士《きし》 Ⅲ

著者／美浜《みはま》ヨシヒコ
イラスト／fame《フェーム》

2023年2月17日　初版発行

発行者／山下直久
発行／株式会社ＫＡＤＯＫＡＷＡ
〒102-8177　東京都千代田区富士見2-13-3
0570-002-301（ナビダイヤル）
印刷／図書印刷株式会社
製本／図書印刷株式会社

【初出】……………………………………………………………………………………

本書は、「小説家になろう」に掲載された『煤まみれの騎士』を加筆、訂正したものです。
※「小説家になろう」は株式会社ヒナプロジェクトの登録商標です。

ISBN978-4-04-914631-8　C0093　Printed in Japan

ファンレターあて先
〒102-8177
東京都千代田区富士見2-13-3
電撃の新文芸編集部

「美浜ヨシヒコ先生」係
「fame先生」係

チュートリアルが始まる前に
ボスキャラ達を破滅させない為に俺ができる幾つかの事

著／髙橋炬燵
イラスト／カカオ・ランタン

この世界のボスを"攻略"し、
あらゆる理不尽を「攻略」せよ！

目が覚めると、男は大作RPG『精霊大戦ダンジョンマギア』の世界に転生していた。しかし、転生したのは能力は控えめ、性能はポンコツ、口癖はヒャッハー……チュートリアルで必ず死ぬ運命にある、クソ雑魚底辺ボスだった！　もちろん、自分はそう遠くない未来にデッドエンド。さらには、最愛の姉まで病で死ぬ運命にあることを知った男は——。
「この世界の理不尽なお約束なんて全部まとめてブッ潰してやる」
男は、持ち前の膨大なゲーム知識を活かし、正史への反逆を決意する！『第7回カクヨムWeb小説コンテスト』異世界ファンタジー部門大賞》受賞作！

電撃の新文芸

Unnamed Memory I

青き月の魔女と呪われし王

著／古宮九時
イラスト／chibi

読者を熱狂させ続ける
伝説的webノベル、
ついに待望の書籍化!

「俺の望みはお前を妻にして、子を産んでもらうことだ」
「受け付けられません！」
　永い時を生き、絶大な力で災厄を呼ぶ異端――魔女。強国ファルサスの王太子・オスカーは、幼い頃に受けた『子孫を残せない呪い』を解呪するため、世界最強と名高い魔女・ティナーシャのもとを訪れる。“魔女の塔”の試練を乗り越えて契約者となったオスカーだが、彼が望んだのはティナーシャを妻として迎えることで……。

電撃の新文芸